Jens Baumeister wurde 1975 in Hamburg geboren, ist im Emsland aufgewachsen und lebt nun als freier Autor in Berlin. Eigentlich ist er gelernter Drehbuchautor, und er hat auch schon mehrere Sachbücher veröffentlicht; doch wenn man ihn lässt, schreibt er am liebsten Romane für Kinder.
www.jensbaumeister.de

Mehr über unsere Bücher, Autoren und Illustratoren auf:
www.planet-verlag.de

Jens Baumeister

Joscha & Marie und die Frage, wie man seine ELTERN rettet, ohne einen URKNALL auszulösen

mit Illustrationen von Dominik Rupp

PLANET!

1

„Du willst da einfach so drüberklettern?!" Joscha sah fassungslos zu Marie. Die stand vor einem großen eisernen Tor, das zwischen hohen alten Bäumen im Mondlicht glänzte, und machte Anstalten, sich daran hochzuziehen.

„Sollten wir nicht erst mal rauskriegen, was genau dahinter ist?"

„Da sind auf jeden Fall Hunde", erklärte Marie. „Dem Gebell nach sind es zwei, und es klingt, als wären sie ziemlich groß."

Joscha lauschte einen Moment. Die Hunde klangen nicht einfach nur ziemlich groß, sie klangen wie

REIßENDE BESTIEN,

deren größtes Hobby es war, elfjährige Kinder zu verspeisen.

In diesem Fall besonders ungünstig, denn Joscha und Marie waren genau das: elf Jahre alt.

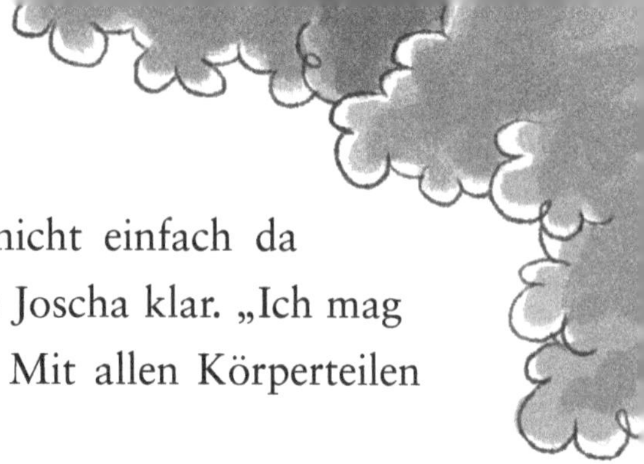

„Ein Grund mehr, nicht einfach da reinzuklettern“, stellte Joscha klar. „Ich mag mich so, wie ich bin. Mit allen Körperteilen dran.“

„Keine Sorge! Hundebisse kommen viel seltener vor, als die meisten Leute glauben.“

Joscha dachte bei sich, dass die meisten Leute wohl auch klug genug waren, sich nicht mit **werwolfartigen Wachhunden** einzulassen.

Das sagte er Marie auch, aber die ließ das nicht gelten: „Wir müssen da rein, um die **Entführungsopfer** zu befreien.“

„Meine Eltern“, warf Joscha scharf ein. „Die ‚Entführungsopfer‘ – das sind immer noch meine Eltern.“

„Im Prinzip ja“, stimmte Marie zu. „Aber ein guter Detektiv lässt sich nicht von Gefühlen oder Beziehungen leiten, sondern allein von der Faktenlage.“

Inzwischen war sie am Tor hinaufgeklettert. „Ich geh da jetzt rein.“ Damit schwang Marie sich über den oberen Rand und hangelte sich auf der anderen Seite wieder hinab. Sie ließ noch ein kurzes „Kommst du auch?“ hören, dann verschwand sie in der Dunkelheit zwischen den Bäumen.

Joscha fluchte leise, als er sich an der Metallkonstruktion hochzog.

Wie, zum Henker, war er bloß in diese Lage geraten?

So etwas Ähnliches fragst du, lieber Leser oder liebe

Leserin, dich jetzt wahrscheinlich auch. Wer sind Joscha und Marie? Und warum genau klettern die zwei nachts über irgendwelche Tore, und wieso und von wem sind Joschas Eltern entführt worden?

Vielleicht fragst du dich auch ganz andere Sachen … Zum Beispiel: „Woher kommt das Sägen und Knurren, das ich jede Nacht aus meinem Wandschrank höre?“ Antwort: Es kommt aus deinem Wandschrank. Sollte deine Frage hingegen lauten: „Wieso steht ein wütender Leopard direkt vor meiner Nase?“, dann ist die einzig richtige Antwort: Wen interessiert's? Sieh zu, dass du abhaust! (Mit unserer Geschichte hat das alles übrigens nichts zu tun.)

Um diese Fragen zu beantworten, müssen wir ein wenig in der Zeit zurückspringen. Genauer gesagt: anderthalb Tage. An den Morgen, an dem Joscha entdeckte, dass **seine Eltern entführt worden waren**, und an dem Marie … ach, gucken wir uns doch einfach direkt einmal an, womit Marie da gerade beschäftigt war.

> Also die Fragen zu Joscha und Marie, nicht die zu Wandschränken und Leoparden.

2

Der Rauch war schwarz. Schwarz und dicht. Und er war ganz und gar nicht das, was Marie erwartet hatte. Das Gleiche galt für den OHRENBETÄUBENDEN KNALL kurz vorher.

„Marie!“, ertönte eine laute Frauenstimme durch den Qualm. „Was in aller Welt war das schon wieder?!“

Durch die Schwaden hindurch sah Marie, wie die Tür aufging, und Luise hereinkam. Luise war die Haushaltshilfe von Maries Eltern. Sie war klein, rundlich und trug eine graue Lockenfrisur, die aussah, als hätte sich ein Pudel auf ihrem Kopf schlafen gelegt.

Und im Moment war sie außerdem mit ihren Nerven am Ende.

Marie verstand nicht ganz wieso. Gut, die

EXPLOSION

hatte sie echt nicht erwartet. Aber wenn man vorher wüsste, was passieren würde, hätte es ja gar keinen Sinn, zu experimentieren.

„Das“, erklärte sie Luise ruhig, „war eine exotherme Reaktion, die Photonen, Partikel und akustische Energie freigesetzt hat.“

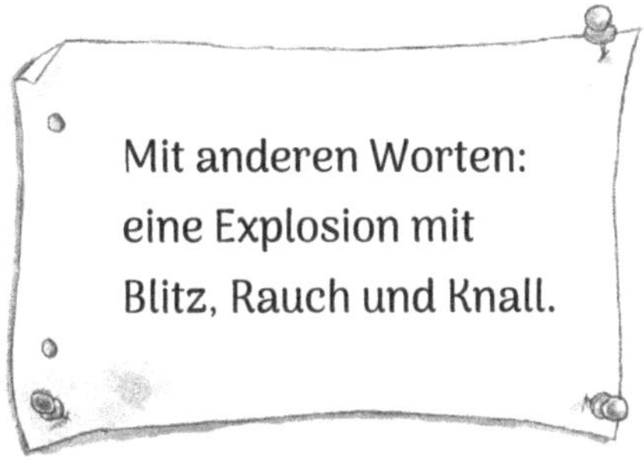

„Was für ein Ding?“

„Eine Explosion. **Mit Blitz, Rauch und Knall.**“

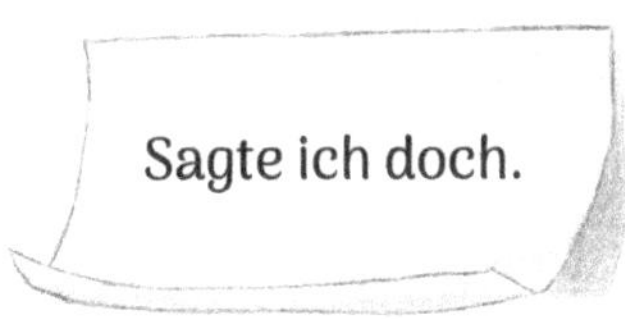

„Das hab ich selbst gemerkt“, motzte Luise.

Marie war baff: Wenn sie das schon gemerkt hatte, warum fragte sie noch nach?

„Ich will wissen, wieso hier etwas explodiert ist!“, fuhr Luise fort.

Noch so eine dumme Frage!, dachte sich Marie.

„Es ist *hier* explodiert, weil *hier* meine Erfinderwerkstatt ist. Wenn es dir lieber ist, kann ich meine Experimente auch oben im Wohnzimmer machen. Ich weiß aber nicht, ob Mama es gut fände, wenn die Tapeten so viel Ruß abbekommen würden."

„Jetzt lenk nicht ab! Ich habe gefragt, was explodiert ist!" Luises Lockenschopf wippte auf und ab, während sie meckerte. Es sah aus, als würde der Pudel auf ihrem Kopf Gymnastikübungen machen.

„Nein, hast du nicht", korrigierte Marie. „Du hast gefragt, wieso es *hier* explodiert ist, und ich ..."

„WAS IST HIER EXPLODIERT?!"

Marie schob die Schutzbrille, die sie beim Experimentieren immer aufhatte, nach oben in ihre langen braunen Haare, die durch die Explosion ganz schön durcheinandergewuschelt worden waren.

Komisch, dachte sie bei sich. Sie hatte jede von Luises Fragen ganz klar beantwortet, und trotzdem sah die aus, als ob sie ihr gleich den Hals umdrehen würde.

Manchmal waren andere Menschen echt **merkwürdig**!

Ich weiß nicht, wie es euch geht, aber „echt merkwürdig“ könnte als Beschreibung auch auf Marie passen. Klingt jetzt vielleicht doof, schließlich ist sie eine der Hauptfiguren in unserer Geschichte, ist aber nun mal so. Man kann sich seine Heldinnen und Helden eben nicht immer aussuchen.

„Das“, erklärte Marie stolz, „war mein neues Feuerlöschpulver.“

„Löschpulver?“, blaffte Luise ungläubig. „Es ist explodiert!“

„Stimmt“, gab Marie zu. „Das ist noch ein bisschen unpraktisch. Aber abgesehen davon ist es echt gut. Oder siehst du hier irgendwas brennen?“

„Ich sehe gar nichts, weil hier alles **voller Rauch** ist!“

„Oh, Moment." Marie öffnete das Fenster ihrer Erfinderwerkstatt. Es war ein schmaler Schlitz nahe der niedrigen Decke des Kellerraums.

Sofort spürte sie, wie frische Luft hereinströmte. Und als sich der Nebel lichtete, zeigte sich, dass wirklich nichts brannte. Gut, die Arbeitsplatte sah so aus, als hätte sich ein rußbedeckter Elefant darauf gewälzt,

Das machen die übrigens sehr gerne. Deswegen sieht man in Forschungslabors auch nie rußbedeckte Elefanten – weil die Wissenschaftler ganz, ganz doll darauf aufpassen, dass die sich nicht reinschleichen und überall rumwälzen.

die Wucht der Explosion hatte ein halbes Dutzend Reagenzgläser zerdeppert, und die Metallschale, in der das Löschpulver gewesen war, hatte sich in Metallkonfetti verwandelt. Aber: Es brannte wirklich nichts. Das war doch schon mal ein Anfang! Selbst Luise musste das erkennen.

Sie erkannte es nicht. „Mit solchem Kram ist jetzt Schluss! Nachher fackelst du noch das Haus ab."

„Aber es ist doch Löschpulver!", protestierte Marie.

„Keine Widerrede! Ab jetzt keine chemischen Experimente mehr!"

„Du willst dich dem wissenschaftlichen Fortschritt in den Weg stellen?!"

„Wenn der wissenschaftliche Fortschritt nichts Besseres zu tun hat, als dieses Haus in die Luft zu jagen, stelle ich mich ihm nur zu gerne in den Weg! Du kannst dich ja bei deinen Eltern beschweren." Luise wartete Maries Antwort gar nicht erst ab, sondern drehte sich um und stolzierte aus dem Raum.

„Mama und Papa kommen erst nächste Woche zurück!", rief die ihr nach. „Was soll ich denn bis dahin machen?!"

„Was weiß denn ich?", kam die Antwort aus dem Kellergang. „Vielleicht nach draußen gehen und mit deinen Freunden spielen. Wie ein ganz normales Mädchen."

Marie lachte auf. „Du hast echt keine Ahnung von meinem Leben, oder?!“, rief sie laut. „Du weißt ja nicht mal, dass ich **keine Freunde** habe!“ Marie stockte kurz – das war jetzt irgendwie falsch rausgekommen. „Also, ich meine, ich hab keine *Zeit* für Freunde“, korrigierte sie lahm. „Und auch keine *Lust* darauf.“

„Aha“, triumphierte Luise und steckte ihren **Pudelfrisurkopf** wieder um die Ecke. „Du hast also keine Freunde! Das ist ganz und gar nicht gut für ein Mädchen in deinem Alter.“

Marie fragte sich, ob Luise sich überhaupt daran erinnern konnte, was es hieß, ein Mädchen in Maries Alter zu sein. Nein, entschied sie nach kurzem Überlegen. Luise war wahrscheinlich schon alt und mit grauer Pudelfrisur auf die Welt gekommen.

„Und weißt du auch, wieso du keine Freunde hast?“, fuhr Luise fort. „Weil du immer nur hier im Keller hockst!“

„Stimmt doch gar nicht“, protestierte Marie. „Ich bin auch ganz oft oben in meinem Zimmer – oder auch im Arbeitszimmer!“

„Jetzt lenk nicht ab! Deine Experimente sind ab sofort gestrichen! Zumindest so lange bis du gelernt hast, soziale Kontakte zu knüpfen.“

Das war jetzt ja wohl das Letzte, fand Marie! Luise, die grauhaarige mürrische Luise, sagte Marie ins Gesicht, dass sie etwas nicht konnte?! Dabei, so fand Marie, reichte doch ein Blick auf ihr Zeugnis aus, um zu sehen, dass das Unsinn war. Fast überall Einsen, und nirgendwo schlechter als eine Zwei plus. Das war doch der eindeutige, objektive und **unwiderlegbare Beweis**, dass es nichts gab, was Marie nicht konnte!

Womit Marie natürlich völlig falschlag. Es gab eine Menge Dinge, die sie nicht konnte. Fliegen, zum Beispiel. Oder unter Wasser atmen. Einen Spaziergang auf glühender Lava machen, den Mount Everest flach schmirgeln oder fünfundzwanzig wütende Wildkatzen jonglieren. Kurz: Sie war nicht gut darin, zu wissen, worin sie nicht gut war. Und das ist nicht gut.

„Ich kann soziale Kontakte knüpfen“, protestierte sie. „Aber so was von! Du glaubst ja gar nicht, wie viele soziale Kontakte ich schon geknüpft habe. Ich bin die BESTE SOZIALKONTAKTKNÜPFERIN der Welt!“

Luise lächelte kalt. „Na, dann lad deine vielen Kontakte doch mal zu uns ein. Danach darfst du vielleicht auch wieder hier drinnen basteln. Aber bis dahin ist der Raum hier für dich Sperrgebiet. Verstanden?!“ Jetzt machte Luise auf dem Absatz kehrt und verschwand, diesmal wirklich.

Marie fluchte leise. Ihr Blick wanderte durch die Werkstatt, die nach der Explosion kaum wiederzuerkennen war. Die Blätter mit ihren sorgfältig notierten Experimentier-Protokollen lagen überall im Raum verstreut, auf dem langen Holzregal waren die Gläser ihrer Chemikalien-Sammlung umgekippt (zum Glück war keines zerbrochen!), und auf ihrem weißen Laborkittel prangte ein dicker Rußfleck, dessen Form Marie irgendwie an ein sehr verwirrtes Huhn erinnerte.

Mit anderen Worten: **totales Chaos** Würde jetzt ein Meteor in den Kellerraum einschlagen, sähe es danach wahrscheinlich aufgeräumter aus als vorher.

Eigentlich müsste so ein Durcheinander natürlich beseitigt werden. Aber, so beschloss Marie, wenn sie keinen Beitrag zum wissenschaftlichen Fortschritt leisten durfte, konnte alles erst einmal so liegen bleiben. Hier drin war für sie jetzt ja **Sperrgebiet**.

Sie ging zur Werkstatttür und trat hinaus in den Kellergang. Die Treppe, die nach oben führte, war aus Holz und so alt, dass ihre Stufen bei jedem Schritt ein wenig knarzten.

Marie öffnete eine niedrige Tür und stand im Eingangsflur. An den hohen Wänden hingen Reiseandenken, die ihre Eltern mitgebracht hatten: **Grimmig dreinblickende Holzmasken** aus afrikanischen Ländern, japanische Zeichnungen mit unfassbar feinen Details, und die Wand gegenüber der großen Treppe war komplett bedeckt von einem großen bunten Teppich.

Maries Eltern reisten viel. Meistens geschäftlich. Und meistens ohne sie – selbst jetzt, zum Anfang der Sommerferien, waren sie weg und Marie war hier.

Marie fand das ganz okay, denn so hatte sie das Haus regelmäßig ganz für sich allein. Und das Haus war, wie ihr vielleicht schon gemerkt habt, groß. Marie hatte nicht etwa nur ein Zimmer, nein sie hatte gleich DREI STÜCK: Im ersten Stock ein Schlafzimmer, im Keller das Labor und im Erdgeschoss ein Arbeitszimmer.

Jawohl, ein Arbeitszimmer. Gut, Maries Eltern nannten es „Spielzimmer“, aber für Marie war es das Arbeitszimmer – und dort sah es etwas anders aus als in den Kinderzimmern, die ihr jetzt wahrscheinlich im Kopf habt. Klar, es gab ein großes Regal mit allerlei Autos, Puppen und Puzzle-Kartons. Aber all diese Sachen fasste Marie kaum noch an, und sie wären wohl längst verstaubt, wenn Luise nicht regelmäßig mit Lappen und Staubwedel darüberwischen würde. Der wichtigste Platz in diesem Raum war stattdessen der Ort direkt neben diesem Regal: Maries IDEEN-ECKE. Dort hing eine weiße Metalltafel an der Wand, auf die Marie in großen roten Buchstaben die Überschrift IDEEN UND PROJEKTE geschrieben hatte. Darunter klebte eine Unmenge an bunten Papierzettelchen mit Ideen und Anmerkungen.

Zum Beispiel: Aufräummaschine (wie angetrieben?), Gummibären-Automat, Feuerlöschpulver, Spion-Kamera (Bauteile???) und Hausaufgaben-Erlediger (schwer!!!!).

Vor der Tafel stand ein Schreibtisch mit einem Computer. An den setzte sich Marie jetzt. Sie nahm den Zettel für das Feuerlöschpulver von der Tafel, schrieb darunter (darf nicht explodieren!) und klebte ihn zurück an seinen Platz.

Sie guckte noch einmal über ihre Ideenzettel – war da irgendetwas, das mit Freunden oder sozialen Kontakten zu tun hatte?

Ihr Blick blieb an einer Notiz hängen, die in einer Ecke der Tafel klebte:

PRIVATDETEKTEI (Website ist fertig!)

Das hatte sie vor Monaten mal in Angriff genommen, aber dann wieder aufgegeben, weil Experimentieren spannender war als Ermitteln.

Aber, so überlegte sie, Detektive hatten ja mit Menschen zu tun. Das heißt also, die hatten soziale Kontakte. Und das war genau das, was Marie jetzt brauchte! Zumal das Labor tabu war und sie sich ja irgendwie beschäftigen musste.

Marie schaltete ihren Rechner ein, meldete sich an (Passwort „Experimente4Ever“) und öffnete die Seite, die sie vor einiger Zeit eingerichtet hatte. Sie sah sehr professionell aus – fand Marie zumindest:

Privatdetektei M. Schepers

Spezialgebiet: Ermittlungen aller Art

Tag und Nacht erreichbar. Melde mich aber manchmal nicht sofort zurück, sondern erst am nächsten Tag. Das ist dann aber, weil ich gerade am Ermitteln bin, und nicht etwa, weil ich schlafe!

Darunter war noch ein Kontaktformular, über das sich Klienten melden konnten. Bisher hatte das allerdings noch niemand gemacht, und langsam sorgte sich Marie, dass sich da auch niemand melden würde.

Trotzdem loggte sie sich auf der Seite ein, um die Nachrichten zu checken – und hielt baff inne: Da war eine Nachricht! Eine echte Nachricht an sie. An „Privatdetektei M. Schepers“!

Mit klopfendem Herzen klickte Marie darauf und las die ersten Sätze:

> Guten Tag! Mein Name ist Joscha Bruns, ich bin 11 Jahre alt, und heute sind meine Eltern entführt worden. Die Entführer haben gesagt, dass ich keine Polizei einschalten darf.

3

Der Tag, an dem Joschas Eltern verschwanden, hatte für ihn eigentlich ganz gewöhnlich angefangen. Na gut, es war der **erste Tag der Sommerferien**, und das war schon einmal etwas, das ihn eindeutig besser machte als die üblichen Schultage.

> Jawohl, wir sind schon wieder in der Zeit zurückgesprungen! Denn das letzte Kapitel hat vielleicht einige eurer Fragen beantwortet, dafür aber wieder neue aufgeworfen. Das kommt bei Detektiven öfter vor.

Joscha war mit dem Fahrrad am Kanal entlanggefahren und hatte sich zwischendurch beim Freibad ein Eis geholt.

Jetzt war es schon Nachmittag und er freute sich

darauf, später mit seinen Eltern zusammen eine Serie zu gucken. Denn vor ein paar Tagen war die neue Staffel von **Raumschiff Gamma 3** online gestellt worden, und Mama und Papa hatten Joscha versprochen, sie gemeinsam mit ihm anzusehen. Er hatte noch eine Wette mit Papa laufen, ob der Erste Offizier wirklich ein verkleideter Außerirdischer war oder ob das nur mal wieder eine **falsche Fährte** der Serienmacher gewesen war.

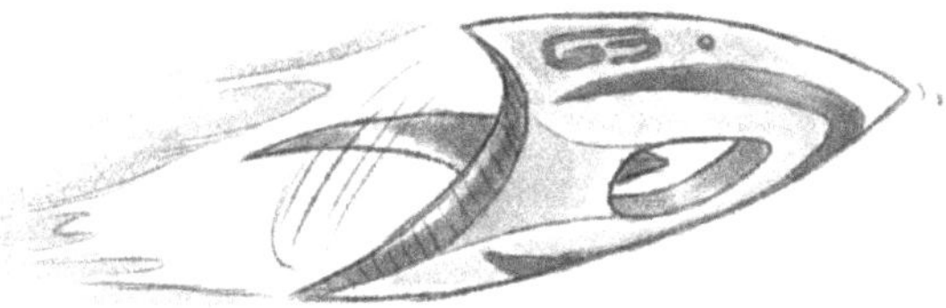

Noch war allerdings keiner da, aber das war normal. Mama und Papa versuchten zwar immer, möglichst früh nach Hause zu kommen, aber sechs Uhr abends wurde es meistens doch. Joscha fand das okay, denn er wusste: Wenn sie erst einmal zu Hause waren, dann hatten sie auch jede Menge Zeit für ihn.

Was nicht normal war, war das Klingeln, das Joscha kurz darauf hörte. Er kannte den Klang irgendwoher, aber er hatte ihn so selten gehört, dass er einen Moment brauchte, bis es ihm einfiel:

Es war das **Festnetztelefon!**

> Falls du nicht weißt, was das ist: Macht nichts, wirst du wahrscheinlich eh nie benutzen. Und falls du's doch wissen willst: Frag deine Oma!

Jawohl, das alte Ding im Wohnzimmer-Regal, das schon seit Jahren niemand mehr angefasst hatte, und das eigentlich nur dort stand, weil es automatisch beim Internet-Anschluss mit dabei war – dieses Ding klingelte.

Verwundert nahm Joscha den Hörer ab und meldete sich.

Einen Moment später ertönte aus dem Telefon die Stimme seiner Mutter.

Aber sie klang irgendwie anders als sonst. Gehetzter.

„Joscha, zum Glück bist du da! Papa und mir geht es gut. Aber es ist ganz wichtig, dass du …“

Weiter kam sie nicht, denn plötzlich raschelte und knackte es im Telefon.

Kurz darauf ertönte eine Männerstimme, die Joscha überhaupt nicht bekannt vorkam: „Das reicht! Deine Eltern sind bei uns, aber es geht ihnen gut. Und wenn du möchtest, dass das so bleibt, tust du genau das, was wir sagen. Und das ist für den Moment erst einmal *gar nichts!* Warte, bis wir uns wieder melden, verstanden? Und vor allem: keine Polizei! Und sei dir sicher: Wir kriegen es mit, wenn du die Bullen einschaltest!“

Klick. Aufgelegt.

Ein paar Minuten lang konnte Joscha keinen klaren Gedanken fassen. Konnte das wirklich wahr sein?

Seine Eltern – **entführt**? Aber warum? Und von wem? Und was sollte er jetzt machen?

Joscha merkte, wie die Angst in ihm hochkroch und ihn dazu überreden wollte, sich einfach zu verstecken. Irgendwo hocken und warten, dass das alles vorbeiging.

Doch dann fiel ihm ein, dass das genau das war, was der fremde Mann ihm gesagt hatte: dass er einfach abwarten sollte. Und eines war ganz klar: Er wollte auf keinen Fall das tun, was irgendwelche Typen verlangten, die seine **Eltern entführt** hatten! Wenn die also wollten, dass er Angst hatte und sich verkroch, dann würde er …

Joscha hielt inne und überlegte: Was würde er denn dann tun? Der Kerl hatte gesagt, dass er es mitkriegen würde, wenn Joscha die Polizei einschaltete. Konnte das stimmen? Hatten die jemanden bei der Polizei, der ihnen solche Informationen zuspielte? Joscha hatte so etwas mal in einem Film gesehen. Oder **hatte der Typ gelogen**, um ihm Angst zu machen? Aber was würde passieren, wenn er zur Polizei ging, und die Entführer das wirklich mitbekamen? Der Held in dem Film hatte das auch gemacht, und dann hatte der als Polizist verkleidete Verbrecher versucht, ihn **umzubringen**! Konnte er das riskieren?

Plötzlich flackerte in seinem Kopf eine Idee auf: Es war ja nicht nur die Polizei, die gegen Verbrecher kämpfte. Es gab doch auch noch **Detektive**! Aufgeregt holte er sein Handy hervor, und begann nach Detektiven in der näheren Umgebung zu suchen.

Dabei kam ihm leider etwas in die Quere. Etwas, das eigentlich sehr schön ist, aber für Joscha in diesem Fall eher ärgerlich war. Nämlich die Tatsache, dass er in einem ERSTAUNLICH SICHEREN ORT lebte. So sicher, dass es dort fast ne Detektive gab.

Ein einziges Ergebnis tauchte bei der Suche auf. Die Webseite eines gewissen M. Schepers:

> Privatdetektiv M. Schepers
>
> Spezialgebiet: Ermittlungen aller Art
>
> Tag und Nacht erreichbar. Melde mich aber manchmal nicht sofort zurück, sondern erst am nächsten Tag. Das ist dann aber, weil ich gerade am Ermitteln bin, und nicht etwa, weil ich schlafe!

Richtig professionell sah das nicht aus, fand Joscha, aber andererseits hatte er wohl keine andere Wahl. Dieser M. Schepers war der einzige Detektiv vor Ort.

Joscha öffnete das Kontaktformular auf der Seite und begann zu tippen:

> Guten Tag! Mein Name ist Joscha Bruns, ich bin 11 Jahre alt, und heute sind meine Eltern entführt worden. Die Entführer haben gesagt, dass ich keine Polizei einschalten darf.

Ich gehe davon aus, dass ihr inzwischen kapiert habt, wohin die Reise geht. Falls nicht, wäre jetzt ein wunderbarer Zeitpunkt, um noch einmal das zweite Kapitel zu lesen.

4

Marie starrte auf den Bildschirm. Es hatte sich wirklich jemand gemeldet! Was sollte sie jetzt tun? Entführte Eltern – das klang ernst! **Obermegaernst** … Vielleicht war das mit der Detektei doch keine so gute Idee gewesen?

Andererseits: Sie wollte soziale Kontakte. Und sie brauchte irgendwen, den sie Luise als ihren Freund präsentieren konnte. Und wenn dieser Joscha wirklich elf Jahre alt war, passte das so super – das musste sie doch ausnutzen. Und es konnte ja auch spannend sein, als **Detektiv rumzuspionieren**!

Sie zögerte kurz, dann klickte sie auf „Antworten".

Joscha hatte minutenlang sein Handy angestarrt. In dem Moment, als er gerade die Hoffnung aufgeben wollte, ploppte eine Nachricht darauf auf:

Unterhaltung beginnen mit: Detektei M. Schepers? OK

Joschas Herz klopfte, als er auf „OK“ drückte. Sofort öffnete sich ein Chat-Fenster.

M. Schepers: Hallo! Ich sage gleich, dass das hier eine große Ausnahme ist. Eigentlich bin ich zu beschäftigt für so was Einfaches wie Entführungen.

Joscha war ein bisschen verwundert. Woher wusste dieser M. Schepers, dass das ein einfacher Fall sein würde? Schließlich wurden seine Eltern von einem **fiesen Entführer** entführt, der ihm am Telefon sogar gedroht hatte. Aber gut – der Typ klang, als ob er wüsste, wovon er redete, deswegen hatte er wahrscheinlich recht.

Ein häufiger Irrtum! Eine Menge Leute, die sagen, dass sie wissen, wovon sie reden, haben in Wirklichkeit keine Ahnung. Glaubt mir – ich weiß, wovon ich rede!

J. Bruns: Danke, dass Sie für mich eine Ausnahme machen. Wann können Sie denn hier sein?

M. Schepers: Hier sein? Wo denn?

J. Bruns: Na hier, bei mir. Um sich alles anzusehen. Sie müssen doch bestimmt mehr über meine Eltern wissen, um sie zu finden. Und vielleicht war hier ja auch der Tatort.

Auf der anderen Seite des Chats fuhr sich Marie nervös durch ihre Haare. **Mist!** Wenn sie zu diesem Joscha ging, würde der sehen, dass sie kein richtiger Detektiv war, und dann würde Joscha sie wegschicken, und sie hätte wieder niemanden, den sie Luise als einen Freund präsentieren könnte, damit die sie wieder in ihr Labor lassen würde, wo sie weiter experimentieren könnte, was sie ja eigentlich viel lieber mochte als diese ganze Detektivsache.

Ja, der Satz ist ein bisschen lang.

Ganz klar: Marie musste es irgendwie schaffen, dass Joscha zu ihr kam. Alles andere würde sie dann schon hinkriegen.

M. Schepers: Ich kann nicht zu dir kommen.

J. Bruns: Warum das denn nicht?

M. Schepers: Stell dir mal vor, die Entführer kriegen mit, dass du mit einem Detektiv Kontakt hast.

J. Bruns: Sie meinen, die beobachten das Haus????!!!

M. Schepers: Das kann sehr gut sein. So etwas habe ich schon häufiger gesehen.

Das stimmte sogar. Marie guckte gerne Fernsehkrimis, und in denen hatte sie so etwas schon häufiger gesehen.

J. Bruns: Und was machen wir dann?

M. Schepers: Ganz einfach. Du kommst zu mir. Ich habe meine ganzen Detektivsachen hier, und dann geht das mit dem Ermitteln viel besser.

Wenn Joschas Eltern ihm eine Sache eingeschärft hatten, dann das: nicht einfach mit fremden Leuten mitgehen! Egal, was die erzählen. Und jetzt, wo seine Eltern entführt worden waren, galt das natürlich erst recht!

J. Bruns: Nee, das möchte ich nicht.

M. Schepers: Wieso das denn?!

J. Bruns: Weil ich nicht einfach zu fremden Leuten nach Hause gehe. Am besten treffen wir uns irgendwo in der Öffentlichkeit, wo uns ganz viele Leute sehen können.

Marie stöhnte auf. Verdammt, wieso wollte dieser Kerl denn nicht einfach zu ihr kommen?!

M. Schepers: Wenn uns ganz viele Leute sehen, können uns aber auch die Entführer sehen.

J. Bruns: Auf jeden Fall treffe ich Sie nicht einfach irgendwo allein! Sie als Detektiv müssten das doch verstehen.

Marie sah frustriert auf den Bildschirm. Der schien das echt ernst zu meinen. Sie dachte kurz nach, dann kam ihr eine Idee.

M. Schepers: Gut, dann machen wir das anders. Ich schicke meine Tochter. Der sage ich, was zu tun ist, und mit der kannst du dich dann vor dem Spielzeugladen in der Innenstadt treffen.

J. Bruns: Ihre Tochter?!

M. Schepers: Ja. Da würden die Entführer nie Verdacht schöpfen, denn es ist ganz normal, dass Kinder soziale Kontakte mit anderen Kindern knüpfen. Besonders wenn sie so gut im Kontakteknüpfen sind wie meine Tochter.

Joscha runzelte irritiert die Stirn. Dieser M. Schepers schien ein ziemlich merkwürdiger Typ zu sein. Aber er wollte ihm helfen, und das war im Moment das Wichtigste!

J. Bruns: Also gut. Ich bin in einer halben Stunde vor dem Spielzeugladen, einverstanden?

* * *

Dreißig Minuten später schloss Joscha sein Fahrrad an den Fahrradständer vor dem Spielzeugladen neben dem neuen Einkaufszentrum.

Es war ein sonniger Tag. Ein quietschgelbes Auto hielt auf der anderen Straßenseite; sein Fahrer lehnte sich zurück und schien das Wetter zu genießen. Vögel zwitscherten. Für einen Moment konnte sich Joscha fast einreden, dass alles so wie immer war. Ein stinknormaler sonniger Ferientag …

Aber dann kam wieder die Erinnerung an diesen Anruf – und damit auch die Erinnerung daran, dass eben **gar nichts an diesem Tag normal** war. Seine Eltern waren weg, und er brauchte Hilfe. Und der einzige Mensch, der ihm helfen konnte, war dieser komische M. Schepers, auf dessen Tochter er jetzt wartete.

Joscha sah Marie nicht kommen, denn er guckte in die falsche Richtung.

Plötzlich tippte sie ihm auf die Schulter. „Du bist Joscha, stimmt's?"

„Ich … Äh, ja, woher weißt du das?"

„Ich bin doch Detek… ähem, ich meine, ich bin eine Detektivtochter. Ich heiße übrigens Marie."

Joscha sah Marie verwundert an. Ihre braunen Haare waren ziemlich durcheinander, und im Gesicht und auf den Klamotten hatte sie **Rußflecken**.

„Hat es bei euch gebrannt?"

„Was? Ach nein, ich hab nur experimentiert."

Joscha verstand immer weniger. Es war ihm aber auch egal. Hier ging es erst einmal um seine Eltern.

„Gut, was machen wir jetzt als Erstes, um meine Eltern zu retten?"

„Als Erstes", erklärte Marie mit Nachdruck, „fahren wir zu mir nach Hause."

„Wieso denn das?"

„Na … weil wir das eben als Nächstes machen. Das ist wichtig, **um den Fall zu lösen.**"

„Versteh ich nicht."

„Du bist ja auch kein Detektiv. Also, komm jetzt."

Joscha schüttelte den Kopf und verschränkte die Arme. „Dein Vater hat geschrieben, dass du mir sagst, wie die Ermittlungen aussehen sollen."

Marie wurde langsam ungeduldig. Sie hatte doch einen **ganz klaren Plan**: Joscha sollte mit zu ihr nach Hause kommen, da würde sie ihn Luise als einen ihrer ganz vielen Freunde vorstellen, und danach würde sie Joscha ihre Erfindungen und ihre Ideen-Ecke zeigen. Wenn er die gesehen hätte, würde er auch kapieren, dass sie **super** darin wäre, ihm beim Finden seiner Eltern zu helfen, auch wenn sie noch nicht erwachsen war. Aber um das hinzukriegen, musste Joscha eben erst mal mitkommen! Und dass er das tat, dafür würde sie jetzt sorgen!

> Falls ihr denkt, dass das wie ein reichlich dämlicher Plan klingt: stimmt vollkommen. Falls ihr hingegen denkt, dass der Plan doch eigentlich ganz vernünftig ist: Lest ihn noch einmal ganz langsam durch.

„Hör mal zu", blaffte sie ihn an, „ich hab das doch vorhin geschrieben: Bei mir zu Hause sind die

Ermittlersachen, und damit kann man viel besser ermitteln!“ Marie hatte den Satz kaum ausgesprochen, da wurde ihr klar, dass sie gerade **etwas ganz, ganz Blödes** gemacht hatte.

> Jawohl, ab und zu merkt sogar Marie, wenn sie mal so richtig danebenliegt!

Joscha starrte sie mit offenem Mund an. „Warte mal: *Du* hast mir geschrieben? Und bei *dir* zu Hause sind Ermittlersachen?“ Joscha schlug sich mit der flachen Hand gegen die Stirn. **„Ich bin so ein Idiot!** M. Schepers – Marie Schepers. Das bist du! Und nicht dein Vater. Darum auch die komische Webseite und der ganze Kram!“ Joscha drehte sich um, schnappte sich sein Fahrrad und begann, es aufzuschließen.

Marie lief zu ihm. „Jetzt warte doch mal!“

„Worauf? Dass du mir erklärst, warum du mich verarscht hast? Kein Interesse! Ich hab Wichtigeres zu tun – **Zum Beispiel meine Eltern zu retten!**“

„Aber ... Ich bin wirklich Detektivin“, protestierte Marie. „Ich weiß ganz viel über Ermittlungen! Ich hab einen Haufen Detektivbücher gelesen!“

„Und ich hab ganz viele SUPERHELDENFILME geguckt“, konterte Joscha. „Trotzdem kann ich nicht fliegen.“

„Das ist doch was ganz anderes! Ich kann dir echt helfen!“

„Weißt du, wer mir wirklich helfen kann?“, erklärte Joscha. „**Die Polizei!** Deswegen wollten die Entführer ja nicht, dass ich die einschalte. Und darum fahre ich jetzt dort hin.“

Mit diesen Worten schwang er sich auf sein Fahrrad und radelte los.

Marie sah ihm enttäuscht nach – und dann stutzte sie. Denn kaum dass Joscha losgefahren war, setzte sich auch das quietschgelbe Auto in Bewegung, das am Straßenrand gestanden hatte. Es fuhr ganz langsam – und als Joscha an der nächsten Kreuzung abbog, FOLGTE ES IHM!

5

„Ich muss hier durch!“ Marie drängte sich an einer Frau vorbei, die mit mehreren Tüten aus der neuen Einkaufspassage kam.

„Pass doch auf!“, beschwerte die Angerempelte sich, aber Marie hörte das schon nicht mehr – sie rannte, so schnell sie konnte.

Marie interessierte sich für alles, was neu war, deshalb hatte sie während der Bauzeit des Einkaufszentrums die Baustelle genau beobachtet. Sie hatte mitbekommen, wo Wände eingezogen wurden und wo es Türöffnungen gab. Und darum wusste sie jetzt auch, dass dieses Einkaufszentrum ihre **einzige Chance** war, Joscha rechtzeitig einzuholen.

Denn eines war so sonnenklar, wie das Auto gelb war: In dem Wagen saß einer DER ENTFÜHRER! Und wenn der sah, dass Joscha zur Polizei fuhr, dann … Marie wollte sich gar nicht ausdenken, was dann alles passieren könnte! **Sie musste das verhindern!**

Marie steuerte auf den Supermarkt zu. Der hatte

einen Notausgang, durch den man praktisch direkt vor der Polizeiwache rauskam! Mit dieser genialen Abkürzung konnte sie es schaffen, Joscha zu überholen – wenn sie sich beeilte.

Das mit dem Beeilen war aber so eine Sache – im Hauptgang des Shoppingcenters liefen für Maries Geschmack viel zu viele Leute mit Taschen und Tüten herum.

Sie flitzte zwischen einer Mutter und deren quengelndem Kleinkind hindurch, wich einem Mann mit Rucksack aus und spurtete an einem Brunnen entlang. Gleich war sie beim Supermarkt! Sie raste um eine

Kurve ... und **stoppte abrupt**. Da stand ein Clown, der Ballons in Tierformen knotete. Und um ihn herum eine riesige Menge, die ihm zusah und den gesamten Gang blockierte!

Wenn es etwas gab, das Marie im Moment gar nicht brauchen konnte, war es ein Ballon-Clown mit Zuschauermenge.

Gut, es gab noch viele andere Sachen, die sie gerade auch nicht brauchen konnte: eine Familienpackung Klopapier etwa. Auch mit einem Bügeleisen, einem Staubsauger oder einem U-Bahn-Signal hätte sie momentan nur wenig anfangen können. Aber die waren ja auch alle nirgendwo zu sehen. Der Clown hingegen schon!

Was tun?! Durch die Menge kam sie nicht durch, und durch die Geschäfte konnte sie nicht. Blieb also nur DER BRUNNEN!

Schon stand Marie bis über die Knöchel im Wasser des Brunnenbeckens. Einige der Clown-Zuschauer wurden dadurch zu Marie-Zuschauern, aber das war ihr egal. Sie watete los, so schnell sie konnte.

Nein, sie watete sogar schneller, als sie konnte. Oder wenigstens schneller, als gut für sie war, denn schon nach wenigen Metern verloren Maries Füße auf dem glatten Brunnenboden den Halt, und sie flog der Länge nach ins Wasser!

Jetzt war Marie die Hauptattraktion im Einkaufszentrum. Unter überraschten Blicken rappelte sie sich wieder auf und stakste zum Rand des Brunnens. Aus ihren Schuhen floss Wasser, als sie auf der anderen Seite der Zuschauergruppe wieder herausstieg. Ohne zu warten, rannte sie direkt in den Supermarkt und hinterließ dabei eine lange Tropfspur.

Marie erinnerte sich, dass der Notausgang hinten rechts in der Ecke war. Sie erkannte ihn sofort: Eine unscheinbare Metalltür mit einem komisch aussehenden Mechanismus an der Klinke. Marie wusste, was das war: **Ein Alarm**, der ausgelöst wurde, wenn jemand die Klinke runterdrückte. Aber darauf konnte sie jetzt keine Rücksicht nehmen! Sie musste Joscha einholen! Entschlossen öffnete sie den **Notausgang**.

> Wieso Marie das wusste?
> Auf der Tür klebte ein Schild:
> „Achtung, Herunterdrücken der Klinke löst Alarm aus!"

Sofort dröhnte eine Sirene durch den Markt, aber Marie beachtete diese nicht, sondern schlüpfte durch die Tür nach draußen und schlug sie hinter sich wieder zu. Das Jaulen der Sirene erstarb.

Marie fand sich an der kahlen Rückseite des Einkaufszentrums wieder. Die Polizeiwache war ein paar Hundert Meter weiter die Straße runter. Wenn Joscha dorthin wollte, musste er hier vorbei.

Und tatsächlich! Da hinten kam er auf dem Fußweg angeradelt! Und ein Stück hinter ihm an der Ecke lugte auch das gelbe Auto hervor!

Ihr wundert euch vielleicht, dass Joscha erst jetzt ankommt, und fragt euch, wie lang und verschlungen denn der Weg war, den er mit dem Fahrrad nehmen musste. Antwort: Offensichtlich sehr lang und sehr verschlungen. Sonst wäre er ja schon früher angekommen.

„JOSCHA, STOPP!“, rief Marie laut und stellte sich ihm in den Weg.

Joscha verzog das Gesicht, als er sie erkannte, und hielt erst im letzten Moment an. Das Rad kam mit knarzenden Bremsen zum Stehen.

„Du darfst nicht zur Polizei gehen!“, erklärte Marie überzeugt. „**Du wirst verfolgt**!“

„Ja“, schnaubte Joscha. „Von dir!“ Damit trat er wieder in die Pedale und steuerte das Rad an Marie vorbei. „LASS MICH IN RUHE!“

Marie sah ihm hilflos nach – unmöglich konnte sie ihn jetzt noch einholen. Jeden Moment würde das gelbe Auto angerast kommen und dann …

Bevor Marie ihren Gedanken zu Ende bringen konnte, wurde Joscha plötzlich langsamer und hielt dann an. Er holte **ein Handy** aus der Tasche! Wer rief ihn da nur an?!

Genau das fragte sich Joscha auch, als das Telefon in seiner Hosentasche plötzlich zu klingeln begann. Es war sein Notfall-Handy, und dessen Nummer kannten nur Mama und Papa. Waren sie etwa freigekommen?!

„Rufnummer unterdrückt" stand auf dem Display. Er nahm den Anruf an.

„Ich würde das lieber nicht tun, was du da gerade vorhast." Aus dem Gerät kam eine Männerstimme. Dieselbe, die Joscha schon vorhin am Telefon gehört hatte. „Ich hab dir doch gesagt, dass du zu Hause bleiben sollst."

„Ich …", stammelte Joscha. „Ich war nur kurz was einkaufen."

„Erzähl keinen Unsinn!“ Die Stimme klang jetzt ärgerlich. „Du wolltest zur Polizei!“

Joschas Hand begann zu zittern. „Was? Nein, ich …“

„Damit das klar ist“, unterbrach die Stimme, „wenn du tust, was ich sage, passiert deinen Eltern nichts. Aber wenn du weiter Probleme machst, dann …“ Der Entführer beendete den Satz nicht, sondern ließ die letzten Worte bedrohlich in der Luft hängen.

„Ist klar“, beeilte Joscha sich zu sagen. „Hab ich verstanden.“

„Gut“, knurrte die Stimme. „Du hast zehn Minuten, um nach Hause zu fahren. Ich werde dort auf dem Telefon anrufen. Und wehe, wenn du dann nicht da bist. **Haben wir uns verstanden?“**

„Ja, ja, klar …“ Mehr brachte Joscha nicht heraus.

„Dann bis gleich.“

Es knackte, als der Mann auflegte.

* * *

Marie sah, dass Joscha ganz blass geworden war. Er steckte das Telefon ein, drehte sein Rad um, und RASTE AN IHR VORBEI. Sie versuchte, ihn anzusprechen, aber er beachtete sie gar nicht.

Als sie ihm hinterherblickte, bemerkte sie, dass das gelbe Auto verschwunden war.

Langsam wurde ihr in den nassen Sachen doch kalt – und den Plan, dass Joscha ihr helfen würde, Luise von ihrer Kontaktfreudigkeit zu überzeugen, konnte sie wohl auch vergessen.

Das Beste, überlegte Marie, wäre es, einfach nach Hause zu gehen und heiß zu duschen.

Joscha hatte ja gesagt, dass er keine Hilfe wollte. Hier gab es für sie also nichts mehr zu tun. Sie konnte gehen. **Sofort und ohne Probleme.** Einfach weg.

Sie *konnte* gehen. Aber stattdessen blieb sie einfach stehen. Denn auch wenn es total unlogisch war: Sie wollte nicht gehen. Jedenfalls nicht nach Hause.

Sie erinnerte sich, wie Joscha geguckt hatte, als er diesen Anruf angenommen hatte. **Ängstlich. Nervös. Ratlos.**

So, als könnte er die Hilfe einer richtig echten Detektivin gebrauchen.

Marie seufzte, dann zog sie das Smartphone hervor, das ihre Eltern ihr letztes Jahr geschenkt hatten. Sie öffnete eine Suchmaschinenseite und begann zu tippen: „Adresse Joscha Bruns“

Dann drückte sie auf „Suchen“.

6

Während Marie sich auf den Weg zu Joscha machte, saßen Joschas Eltern in einem öden Raum. Einem **Betonraum** mit fensterlosen Betonwänden, Betonboden und Betondecke, von der ein Kabel mit einer **nackten Glühbirne** herabhing.

Es gab keinen Grund, sich in diesem Raum auch nur eine Sekunde länger als nötig aufzuhalten. Und Joschas Mutter und Vater wären liebend gern aufgestanden und weggegangen – konnten sie aber nicht, weil sie an ihre Stühle **gefesselt** waren.

Der Mann, der für das Fesseln verantwortlich war, war auch dort. Er trug eine dunkle Wollmaske, die nur einen Augenschlitz freiließ, und marschierte ungeduldig vor den beiden auf und ab, dann blieb er direkt vor Joschas Mutter stehen. „Ich frage Sie zum letzten Mal: Wo ist die **Geheimformel?!**“

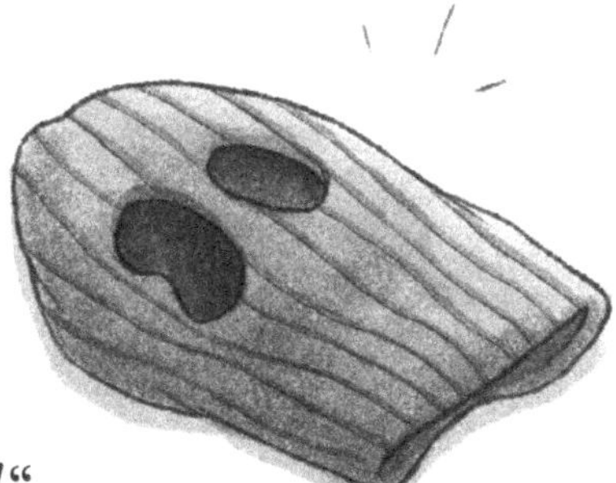

Ihr fragt euch jetzt wahrscheinlich, was das für eine Formel sein soll. Keine Sorge, das wird gleich klar werden.

„Sie haben mich vorhin schon ‚zum letzten Mal' gefragt", konterte Joschas Mutter. „Man kann jemanden nur ein Mal zum letzten Mal fragen."

„Solange ich die Kontrolle habe, kann ich Sie so oft zum letzten Mal fragen, wie ich das will."

„Dann kann ich Ihnen auch ebenso oft nicht antworten." Joschas Mutter sah ihrem Entführer fest in die Augen.

Wohin auch sonst? Der Rest des Gesichts war ja von der Maske verdeckt.

Der wechselte jetzt den Tonfall. Plötzlich klang er fast besorgt. „Ich verstehe nicht, warum Sie es sich so schwer machen. Wenn Sie uns Ihre Formel geben würden, wären Sie ganz schnell wieder frei."

Wie gesagt: Gleich sagen die ganz genau, um was für eine Formel es geht. Denn jeder weiß ja, dass Schurken irgendwann ihren Plan ganz ausführlich erklären.

„Wenn Sie unsere **Fesseln** lösen würden, wären wir auch ganz schnell wieder frei“, erwiderte Joschas Mutter.

„Sie glauben doch nicht, dass ich so blöd bin …“, motzte der Entführer.

„Aber *Sie* glauben anscheinend, dass ich so blöd bin, Ihnen meine Forschungsergebnisse zu verraten.“

Na los! Jetzt sagt der Entführer bestimmt, was er will, oder?!

Der Entführer stieß einen **genervten Laut** aus und drehte sich zu Joschas Vater. „Und Sie? Wollen Sie nicht Ihre Freiheit zurück?“

Joschas Vater antwortete: „Hgndsfl gr dfdl m hngggg.“

Das hieß so viel wie: „Ich kann Ihnen nicht antworten, denn ich habe einen Knebel im Mund.“

Der Entführer zog Joschas Vater den Knebel aus dem Mund. „Was meinten Sie?“

Aaargh! Könnte jetzt vielleicht jemand endlich mal den großen, bösen Plan erklären?!

„Meine Frau hat schon alles Wichtige gesagt“, brachte Joschas Vater hustend hervor. „Wir verraten Ihnen gar nichts.“

„Und Sie glauben wirklich, dass Sie damit durchkommen?“ Der Entführer klang ehrlich verwundert. „Im Ernst: Sie haben da eine bemerkenswerte Entdeckung gemacht, Frau Bruns.“

Also gut, ich gebe auf. Wenn die Schurken es nicht hinbekommen, ihren Plan zu erklären, muss ich das eben übernehmen: Joschas Mutter hat einen Weg entdeckt, wie sich unglaubliche Energiemengen aus Brennnesselsaft gewinnen lassen. Damit ließe sich wahnsinnig viel Geld verdienen, denn Brennnesseln sind leicht zu finden, und Energie wird auf der ganzen Welt richtig viel gebraucht. Und deswegen wollen die Entführer die Formel dafür haben – also das Rezept, das sagt, wie man die Energie aus den Brennnesseln gewinnt. Dieses Rezept wollen sie dann an jemanden verkaufen und richtig viel Geld abkassieren. Das ist der Plan. Ist doch eigentlich ganz einfach – keine Ahnung, wieso diese Entführer es nicht auf die Reihe kriegen, das mal kurz zu sagen.

Plötzlich öffnete sich die Tür, und ein zweiter Mann trat in den Raum. Auch er trug eine Maske, war aber etwas kleiner und dicklicher als der erste. „Sie wollen immer noch nicht mit uns zusammenarbeiten? Das ist sehr bedauerlich, wirklich."

Nur zur Sicherheit, weil auch Entführer Nr. 2 keine Lust hat, sich deutlich auszudrücken: Er meint, dass die Eltern ihnen immer noch nicht die Formel für die Brennnessel-Energie geben wollen.

„Warum sollten wir mit Menschen zusammenarbeiten, die uns **entführen?**", fuhr ihn Joschas Mutter an.

„Nun, ich hätte gedacht, dass Ihr Sohn Ihnen vielleicht wichtig sein könnte."

Mutter Bruns lachte auf. „Glauben Sie wirklich, dass Sie uns damit Angst machen können?! Joscha ist viel zu schlau, um auf Typen wie Sie hereinzufallen."

Ihr Mann nickte zustimmend. „Der hat bestimmt schon die Polizei alarmiert. Jede Wette!"

Der zweite Entführer schüttelte den Kopf. „Die Wette würden Sie verlieren. Ihr Sohn hat tatsächlich etwas Kluges getan: Er ist nicht zur Polizei gegangen."

Das ist natürlich in Wirklichkeit alles andere als klug, aber Verbrecher finden es eben ganz toll, wenn ihnen die Polizei nicht auf den Fersen ist.

Der Entführer rieb sich die Hände. „Ich bin mir sicher, dass er alles tun wird, um für uns die Forschungsergebnisse seiner Mutter zu suchen."

„Wird er nicht!", war Frau Bruns überzeugt.

„Ich hoffe, dass Sie damit unrecht haben", erwiderte der Verbrecher. „Denn wenn Ihr Joscha nicht kooperiert, könnte auch er Probleme bekommen. **Sehr große Probleme ...**" Mit diesen Worten stopfte er Joschas Eltern wieder die Knebel in den Mund.

7

Joscha war kaum nach Hause gekommen, da klingelte es an der Tür. Er zuckte zusammen. Waren die Entführer jetzt etwa hierher gekommen?!

Es klingelte erneut, diesmal länger.

Nervös sah er sich um. Konnte er durch die Gartentür abhauen? Aber vielleicht rechneten die Verbrecher damit und warteten dort auf ihn.

Er musste sich einen **Überblick verschaffen!**

Das Flurfenster im ersten Stock war direkt über dem Eingang. Wenn er da rausguckte, konnte er sehen, wer vor der Tür stand.

Joscha lief nach oben. Um keinen Lärm zu machen, öffnete er das Fenster ganz, ganz langsam.

> Eigentlich öffnete er das Fenster sogar ganz, ganz, ganz, ganz, ganz, ganz, ganz, ganz, ganz, ganz langsam – aber der Satz ist kürzer, wenn man nur „ganz, ganz" schreibt und nicht „ganz, ganz, ganz, ganz, ganz, ganz, ganz, ganz, ganz, ganz, ganz", und kurze Sätze sind viel, viel besser als lange. Oder?

Vorsichtig schob er sich nach vorne, um runterzugucken – und bekam plötzlich **etwas Hartes gegen den Kopf!**

„Au!", entfuhr es ihm. Mist, das hatten die Entführer bestimmt gehört!

Bevor Joscha sich zurückziehen konnte, ertönte von unten eine Stimme: „'tschuldigung."

Moment! Das klang nicht wie einer der Entführer. Das klang wie – ein Mädchen?

„Ich wollte einen Kieselstein ans Fenster werfen, um mich bemerkbar zu machen", fuhr die Stimme fort. „Konnte ja nicht ahnen, dass du es gerade dann aufmachst."

Joscha sah zur Tür hinunter. Unten guckte die **tropfnasse Marie** zu ihm hoch.

„Lässt du mich rein? Und hast du vielleicht ein Handtuch?“

* * *

Kurz darauf trocknete sich Marie im Flur die Haare ab. Joscha hatte sich ein Stück entfernt von ihr aufgebaut und blickte sie böse an. „Ich hab doch gesagt, dass ich deine Hilfe nicht will.“

„Aber du hast mich reingelassen“, entgegnete Marie. „Und warum? **Weil du Hilfe brauchst.**“

„Ich komme super ohne dich klar.“

„Du hast dich versteckt, als es an der Tür geklingelt hat. Wenn das ‚super klarkommen‘ ist, möchte ich nicht wissen, wie es aussieht, wenn du Probleme hast.“

„Ich kann eh nur AUF DEN ANRUF DER ENTFÜHRER WARTEN.“

Marie runzelte die Stirn. „Das ist doch schon mal ein guter Anfang.“

Bevor Joscha sie stoppen konnte, hatte sie sich das Festnetzgerät geschnappt und begann, es von allen Seiten zu untersuchen.

„Leg das wieder hin", protestierte Joscha. „Was machst du da?"

Marie holte ihr Smartphone heraus und tippte darauf herum, dann drückte sie einige Tasten auf dem Telefon von Joschas Eltern.

„Ich leite alle Anrufe an das Ding hier auf meine Nummer um." Das Festnetztelefon gab ein Piepen von sich, und Marie legte es zufrieden zur Seite. „Wenn jetzt jemand bei euch anruft, landet er stattdessen auf meinem Handy."

„Und was soll das bringen?!"

Ehe Marie darauf antworten konnte, rief jemand an. Maries Handydisplay zeigte „Nummer unterdrückt".

„DAS SIND DIE ENTFÜHRER", war Marie überzeugt.

„Und jetzt?", wollte Joscha wissen.

„Jetzt gehst du ran." Marie tippte auf den Bildschirm ihres Telefons, dann hielt sie es Joscha hin.

„An dein Telefon?!"

„Ja, natürlich – beeil dich, sonst ist der Anruf weg."

Joscha schnappte sich Maries Telefon und sagte zögernd: „Hallo, hier ist Joscha."

„Wieso hast so lange gebraucht, um ranzugehen?!" Der Mann am anderen Ende klang ärgerlich.

„Ich war auf dem Klo", log Joscha.

„Aha … Dann hör mir jetzt genau zu." Die Stimme des Entführers wurde lauter, als im Hintergrund ein komisches Knattern ertönte. Joscha musste sich konzentrieren, um alles verstehen zu können. „Im Arbeitszimmer deiner Mutter ist eine Formel. Eine Formel über …" Die Stimme hielt inne, und einen Moment hörte Joscha nur Gemurmel, so als würden zwei Leute diskutieren. „Über irgendwas mit Brennnesseln", fuhr die Stimme fort. „Bring mir diese Formel, dann kommen deine Eltern frei. Wenn du sie nicht findest oder irgendwelche Tricks versuchst, wird das hier **böse enden. Verstanden**?" Joscha schluckte. Bevor er antworten konnte, redete der Entführer weiter. „Ich melde mich in drei Stunden. Sieh zu, dass du bis dahin etwas für mich hast."

Es klickte, dann zeigte ein Tuten an, dass die Verbindung unterbrochen war.

Kurz darauf standen Joscha und Marie im Arbeitszimmer seiner Mutter.

Der Raum war vollgestopft mit Büchern, Ordnern, Notizen und Umschlägen.

„Sorry für das CHAOS", merkte Joscha an.

„Sorry?! Hier sieht's endlich mal normal aus."

„Papa meint, dass sich hier drinnen niemand außer Mama zurechtfinden kann."

„Dann hat er nicht mit mir gerechnet!", war Marie überzeugt. „Ich finde mich hier sofort zurecht! Ich bin ja schließlich auch Wissenschaftlerin – genau wie deine Mama!"

„Ich dachte, du wärst Detektivin?", warf Joscha ein.

„Ich bin Detektivin und Wissenschaftlerin. Und damit doppelt gut im Aufspüren von Dokumenten." Marie nahm einen Stapel Papiere in die Hand und begann, ihn zu durchsuchen. „In ein paar Minuten haben wir die Formel. WETTEN?"

Fast eine Stunde später legte Marie frustriert einen Papierstapel zur Seite. Es war schon der siebzehnte, den sie durchgesehen hatte. „Oh Mann, wie sortiert deine Mutter denn ihre Unterlagen? Das ergibt ja null Sinn!" Sie wandte sich an Joscha. „Hast du irgendwas?"

„Ich weiß ja nicht mal, wonach wir suchen."

„Das hat der Typ doch erklärt: Wir suchen eine Formel mit Brennnesseln."

„Und woher soll ich wissen, wie diese Formel aussieht?! **Du** hast doch groß getönt, dass du Wissenschaftlerin bist."

Marie errötete leicht. „Wissenschaftlerinnen wissen auch nicht alles. Du hingegen könntest eine größere Hilfe sein ... Immerhin bist du **mit deiner Mutter verwandt**."

„Wow! Ich bin also mit meiner Mutter verwandt!

Toll kombiniert! Ist das ein Beispiel für deinen **detektivischen Spürsinn?!**“

Marie stand auf. „Rummeckern bringt nichts. Wir müssen das anders angehen.“

„Ach, und was schlägst du vor, wie wir die Formel finden sollen?“

„Gar nicht“, antwortete Marie. „Wir holen uns eine andere Formel. Von mir zu Hause.“ Sie warf die Papiere beiseite und verließ den Raum.

„**Warte mal!**“, rief Joscha, ihr hinterher. „Was passiert denn, wenn die Entführer hier anrufen?“

„Dann klingelt mein Handy. Und darum solltest du jetzt endlich mitkommen.“

Joscha fluchte leise, dann lief er Marie hinterher.

8

Marie fuhr so schnell, dass Joscha Mühe hatte, mit ihr mitzuhalten. Mehrmals rief er ihr zu, dass sie langsamer fahren sollte, aber sie hörte ihn nicht. Das heißt: Vielleicht hörte sie Joschas Rufe auch und beachtete sie einfach nicht. Das traute er ihr durchaus zu.

Endlich bremste sie und hielt an. **„Da sind wir.“**

Joscha runzelte die Stirn. Das Haus, vor dem sie gestoppt hatten, war mindestens dreimal so groß wie das seiner Eltern.

Marie schloss ihr Fahrrad ab. „Mach schon! Wir müssen die Formel haben, bevor die Entführer anrufen.“

Joscha sicherte sein eigenes Rad und folgte ihr zur Haustür.

Marie drückte auf den Klingelknopf. „Wenn Luise kommt, sagst du einfach nichts, verstanden?!“

„Wer ist denn Luise?“

„Unsere Haushälterin.“

„Eure Haushälterin?“

Joscha hatte noch nie einen Menschen kennengelernt, der eine Haushälterin hatte.

„Ja, klar“, antwortete Marie locker. „Die macht Essen und kümmert sich ums Haus, weil meine Eltern so oft auf Dienstreise sind.“

In diesem Moment öffnete sich die Haustür einen Spalt, und Luises graue **Pudelfrisur** tauchte auf.

„Marie! Du weißt doch, dass du mir Bescheid geben sollst, bevor du weggehst!“

„Ja. Aber erstens bin ich nicht weg*gegangen* sondern weg*gefahren*, und zweitens hatte ich mein Handy dabei. Du hättest mich jederzeit anrufen können. Und drittens“, fügte Marie hinzu, „hattest du mir doch erklärt, dass ich mehr draußen sein soll. Jetzt war ich's, und das war wohl auch wieder nicht richtig.“

„Ich möchte einfach nur wissen, wo du bist“, rechtfertigte sich Luise.

„Kein Problem. Ich bin hier an der Tür und würde jetzt gern reinkommen. Zusammen mit Joscha. Der ist nämlich mein allerbester Freund."

Joscha sah Marie verdutzt an, erinnerte sich aber an ihre Anweisung: Nichts sagen. Doch er spürte, wie ihm unwohl wurde, als Luises Blick auf ihm ruhte.

„Soso, dein allerbester Freund. Wieso kenne ich den dann nicht?"

„Woher soll ich das wissen?", erwiderte Marie. „Das ist doch **total unlogisch**."

„Jetzt werd nicht frech!" Luise wirkte ärgerlich. Joscha konnte das durchaus verstehen.

Marie aber ließ sich davon nicht beeindrucken. „Ich bin nicht frech, ich zeige dir nur, dass ich soziale Kontakte geknüpft habe. Und jetzt möchte ich bitte reinkommen."

Luise ging aus dem Weg. „Aber in den Keller darfst du trotzdem noch nicht wieder."

„Da will ich auch im Moment gar nicht hin", antwortete Marie. „Joscha und ich gehen jetzt in mein Arbeitszimmer."

Damit zog sie Joscha an Luise vorbei ins Haus.

Einen Moment später standen sie vor Maries Schreibtisch.

„Das ist also dein ‚Arbeitszimmer'?", wunderte sich Joscha, als er sich in Maries Ideen-Ecke umsah.

„Genau. Hier mache ich Erfindungen. Oder entwickle Formeln, die ich dann im Kellerlabor ausprobiere."

„Du hast ein Labor im Keller ...?", wiederholte Joscha ungläubig.

„Ja, klar! Du nicht?"

„Was ist denn jetzt mit dieser Formel?", wechselte Joscha das Thema. „Woher willst du überhaupt wissen, was genau die Entführer haben wollen?"

„Ich hab **keine Ahnung, was die wollen**", erwiderte Marie. „Aber das Gute ist: Die haben auch keine Ahnung."

„Hä, versteh ich nicht ..."

„Wenn die Entführer die Formel wollen, heißt das, dass sie sie nicht kennen. Und wenn sie sie nicht kennen, können sie auch nicht merken, wenn wir ihnen kompletten Unsinn geben."

„Du willst DIE ENTFÜHRER VERARSCHEN? Und was ist, wenn die das rauskriegen?“

„Tun die nicht. Garantiert!“

„Wie kannst du dir da so sicher sein?“

„Weil ich Detektivin bin!“

Joschas Blick wanderte über die Tafel, auf der Marie ihre Projekte plante, und blieb an einem Zettel hängen:

PRIVATDETEKTEI (Website ist fertig!)

Er sah Marie ernst an. „Sag mal, wie viele Fälle hast du schon gelöst?“

Marie zögerte. „Also … Ich hab noch keinen angefangenen Fall ungelöst zu den Akten gelegt.“

„Und wie viele Fälle hast du schon gehabt?“

„Na ja … äh … ein bisschen weniger als hundert.“

„Hundert?! Wow!“ Mit so vielen Fällen hatte Joscha nicht gerechnet. Doch dann kam ihm ein Verdacht: „Du hast gesagt: *ein bisschen weniger* als hundert. *Wie viel* weniger genau?!“

„Nun … eigentlich … **neunundneunzig weniger als hundert**.“

„Mit anderen Worten: Ich bin dein *erster* Fall?!“

„Wenn du das so sagen willst … dann ja.“

„Dein Plan ist Wahnsinn!“, erklärte Joscha. „Der kann niemals klappen!“

„Wenn du eine bessere Idee hast, lass es mich wissen“, erwiderte Marie eingeschnappt. „Ansonsten ist das hier das Beste, was wir im Moment machen können.“ Sie öffnete eine Schublade ihres Schreibtischs und zog ein großes Buch hervor:

„Da stehen haufenweise Formeln drin. Wir kombinieren ein paar davon und drucken die aus. Das sieht **total professionell** aus, wetten?“

Joscha hatte große Zweifel, aber mit einer Sache hatte Marie recht: Er hatte wirklich keine bessere Idee. Und auch keine Zeit, sich eine auszudenken.

„Okay“, erklärte er. „Fangen wir an.“

Eine halbe Stunde später hatten sie eine Formel gebastelt, die unglaublich lang und mit ziemlicher Sicherheit TOTAL NUTZLOS war, und machten ein

Dokument fertig, das aussehen sollte, als sei es die Entdeckung von Joschas Mutter:

Lieber Chef!

„Schreibt man seinem Chef so?“, wunderte sich Joscha. „Ist das nicht eher was mit ‚Sehr geehrter Herr‘ und so was?“

„Gut, wenn du meinst!“ Marie änderte den Text:

Sehr geehrter Herr Chef!
Hier ist die neue Formel, die ich eben erfunden habe und die ganz besonders toll und wertvoll ist:

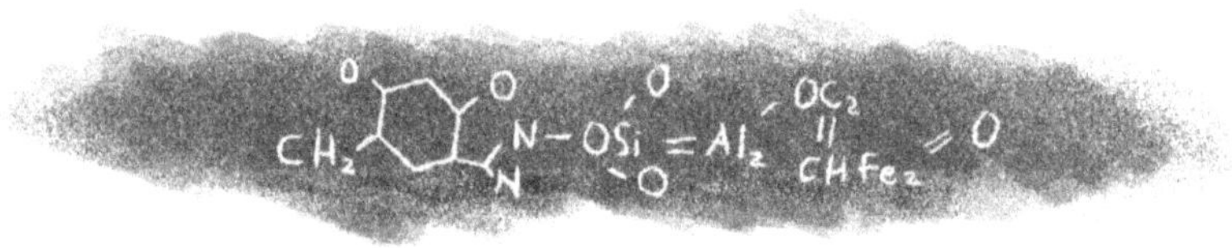

Es ist sehr wichtig, dass diese Formel ganz, ganz geheim bleibt, denn ich weiß, dass es Leute gibt, die sehr viel Interesse daran hätten, diese Formel zu klauen. Das darf nicht passieren, denn sie ist wirklich wertvoll!

Mit freundlichen Grüßen
Mama Bruns

„Meine Mama unterschreibt doch nicht mit *Mama Bruns!*", protestierte Joscha.

„Stimmt … Wie heißt sie denn mit Vornamen?"

„Nadja. Mit J."

Mit freundlichen Grüßen
Nadja Bruns

„Fertig!" Marie drückte auf „Drucken", und kurz darauf hielten sie das Papier in den Händen. Es sah wirklich gar nicht schlecht aus, fand Joscha. Vielleicht konnte dieser Plan ja tatsächlich funktionieren.

„Sag mal, Marie, bist du dir sicher, dass diese Formel nicht **irgendwie gefährlich** ist? Könnte es passieren, dass da was in die Luft fliegt oder ein Urknall ausgelöst wird oder so?"

„Die Formel ist nur ein Rezept. Bevor man die Zutaten nicht zusammenmischt, macht die gar nichts. Und diese Mischung hier macht mit ziemlicher Sicherheit auch danach nicht mal ‚puff'. Aber das merken die Entführer bestimmt erst, wenn wir mit deinen Eltern längst weg sind.“ Sie sah auf die Uhr ihres Handys. „**Oh Mann, die rufen bald an**! Lass uns zu dir fahren!“

Sie wollten gerade aus dem Zimmer laufen, da stand plötzlich Luise in der Tür.

> Natürlich stand sie in der Öffnung des Türrahmens und nicht in der Tür. Das wäre sonst ziemlich unangenehm.

„Moment, du bleibst hier! Es gibt Abendessen.“

„Aber … wir müssen unbedingt noch mal weg!“

„Nichts da, es ist schon spät.“

Maries Gedanken rasten: Gleich würden die Entführer anrufen. Und die wollten dann mit Joscha sprechen. Aber der Anruf würde auf ihr Handy kommen, und deswegen musste Joscha in der Nähe bleiben, damit er dann auch rangehen konnte. Sonst merkten die Entführer sofort, dass irgendwas nicht stimmte!

„Kann Joscha mit uns essen?“, rief Marie.

Joscha sah sie verdattert an.

Luise schüttelte den Kopf. „Ich bin mir sicher, dass dein Freund zu Hause Abendessen kriegt.“

„Kriegt er nicht!“, erklärte Marie, ohne nachzudenken. „Joschas Eltern sind nämlich … äh … also, die sind gerade nicht da.“

„Nicht da?“, wunderte sich Luise.

„Na ja, also die kommen wieder“, stellte Marie klar. „Ist nicht so, als ob die entführt wären, das wäre ja total unwahrscheinlich …“

Joscha wäre am liebsten im Boden versunken. Was machte Marie da nur?!

„Aber jetzt gerade sind sie eben nicht zu Hause“, fuhr Marie fort, „und darum wäre es total super, wenn er hier mit uns essen könnte. Dann könnte ich auch mehr Zeit mit meinem ALLERBESTEN FREUND verbringen – und das fänden meine Eltern doch sicher prima.“

„Na gut“, seufzte Luise. „Ausnahmsweise.“

9

Es war **keine Überraschung** für Joscha, dass sie zum Abendessen ins Esszimmer gingen. Ein Haus, in dem Marie ein Labor und ein Arbeitszimmer hatte, hatte natürlich auch Platz genug für ein Zimmer, das nur zum Essen gedacht war.

> Also, um **darin** zu essen natürlich. Zimmer zum Essen gibt's nur in Knusperhäusern – da ist dann jedes Zimmer ein Esszimmer.

Es war auch keine Überraschung für ihn, dass die Portionen eher klein waren. Immerhin war er als Gast eigentlich nicht vorgesehen gewesen.

Das Essen selbst allerdings *war* eine Überraschung. Oder eher ein Rätsel, denn Joscha konnte beim besten Willen nicht sagen, was genau da neben den Kartoffeln auf seinem Teller lag. Es war hell, ein wenig matschig und roch ein bisschen wie der Käse, den Joschas Vater einmal aus Versehen ein paar Stunden in der Sonne liegen gelassen hatte.

Obwohl – vielleicht war das auch die Soße, die so roch. Das war schwer festzustellen, denn man konnte kaum sagen, wo genau die Matschigkeit des Essens in die Soßigkeit der Soße überging.

Luise schien Joschas Verwirrung zu bemerken. „Iss ruhig. Das ist etwas ganz Besonderes", erklärte sie ihm. „Ich habe das Rezept persönlich von EINEM DER BEKANNTESTEN KÖCHE DER WELT bekommen."

Joscha erinnerte sich an die unsinnige Formel, die er mit Marie zusammengebastelt hatte, und fragte sich, ob der Koch das mit diesem Rezept für Luise auch so gemacht hatte.

Schließlich überwand er sich aber und aß ein wenig. Wirklich gut schmeckte es nicht, aber er hatte ziemlichen Hunger.

„So", warf Luise irgendwann ein, „woher kennt ihr beide euch eigentlich?"

„Vom Sport", log Joscha.

„Aus der Schule", log Marie zur selben Zeit.

Sie sahen sich einen Moment unsicher an, dann korrigierten sie sich gleichzeitig: „Vom Schulsport."

Luise runzelte so misstrauisch die Stirn, dass es ihre Pudelfrisur knautschte, doch ein Telefonklingeln rettete Joscha und Marie vor weiteren Fragen. Joscha war kurz erleichtert, doch dann erstarrte er. Es war Maries Handy. Und das hieß:

Es mussten die Entführer sein!

Marie zog das Handy aus ihrer Hosentasche und hielt es ihm hin. „Hier, für dich."

„Aber das ist doch dein Telefon, Marie", wunderte sich Luise.

„Joschas Eltern haben gesagt, dass sie bei mir anrufen. Sein Handy hat schlechten Empfang." Sie wandte sich an Joscha. „Jetzt geh ran, bevor die auflegen!" Und mit besonderer Betonung fügte sie hinzu: „Deine *Eltern*, meine ich."

„Oh, ja … Ich muss unbedingt mit *meinen Eltern* sprechen", bestätigte Joscha und nahm Marie das Telefon ab. Aber wie sollte er mit den Entführern reden, ohne dass Luise mitbekam, was los war?!

Er nahm den Anruf an. „Hallo?!“

Am anderen Ende war wieder der Entführer: „Hast du die Formel gefunden?!“

„Äääähm …“, stotterte Joscha. Dann fuhr er betont fröhlich fort: „Ja, klar. Alles super!“ Er schielte zu Luise, aber die wirkte ganz normal.

„Dann sollten wir die Übergabe regeln. Wir kriegen die Formel und du deine Eltern.“

„Ja, das wäre toll“, erwiderte Joscha nervös. „Wann denn?“

„In einer halben Stunde bei eurem Haus.“

Eine halbe Stunde!

Joscha geriet in Panik. Durchs Telefon hörte er eine Turmuhr schlagen, so als wolle das Universum ihm noch einmal klarmachen, wie wenig Zeit er hatte.

„Das ist aber früh!“, stammelte Joscha. „Ich dachte, vielleicht ein bisschen später …“

„Wir melden uns, wenn wir in der Nähe sind."

Ein Klicken – der Anrufer hatte **aufgelegt**.

Joscha war einen Moment wie gelähmt, dann stieß er hastig hervor: „Ich muss leider *sofort* los! Tschüss, und danke für das Essen."

„Vergiss deine Unterlagen nicht!" Marie drückte ihm das Papier in die Hand, das sie ausgedruckt hatten. „Und nimm mein Handy mit, falls deine Eltern noch mal anrufen."

„Was ist denn das für ein Benehmen von deinem Freund?!", empörte sich Luise, als Joscha aus dem Esszimmer rannte.

„Das ist kein Benehmen", konterte Marie, „das ist Eile."

Und das stimmte. Sekunden später war Joscha schon an seinem Fahrrad. Ihm blieb nur noch eine knappe halbe Stunde, um es vor den Entführern nach Hause zu schaffen.

10

Auch Marie beendete rasch ihr Essen und stand kurz darauf vor ihrem Schreibtisch. Natürlich wollte sie Joscha hinterher, um bei der ÜBERGABE DER FORMEL dabei zu sein. Allerdings musste sie vorher noch ein paar Dinge einpacken.

Marie hatte diese **Detektiv-Sache** nämlich vorbereitet. Bevor sie die Webseite ins Netz gestellt hatte, hatte sie nachgelesen, was man als Detektiv alles brauchte, und sich eine Ausrüstung zusammengestellt.

Die bewahrte sie in einem Rucksack neben ihrem Schreibtisch auf. Zum Treffen mit Joscha vorhin hatte sie den vor lauter Aufregung nicht mitgenommen, aber das würde ihr nicht noch einmal passieren!

Ein letztes Mal guckte sie hinein: Alles da! Sie zog den Reißverschluss zu und setzte sich den Rucksack auf.

Vielleicht ist euch aufgefallen, dass nirgendwo gesagt wurde, was sich in dem Rucksack befand. Und vielleicht denkt ihr nun, dass das ein billiger Trick ist, um die Geschichte spannender zu machen. Damit hättet ihr dann recht.

Jetzt blieb noch ein Problem: Wie sollte sie **unbemerkt** aus dem Haus kommen?

Marie wusste, dass Luise sie niemals nach dem Abendessen nach draußen lassen würde. Aber Marie wusste auch, dass sie unbedingt dabei sein musste, wenn Joscha den Entführern die Formel übergab. Und zum Glück wusste sie auch noch, wie sie das hinkriegen konnte.

Das Haus, in dem Marie wohnte, war nämlich sehr alt und im Laufe der Jahre mehrfach umgebaut und erweitert worden. Darum hatte es einige Türen, Gänge und Verbindungen, die man nicht unbedingt vermuten würde. Eine dieser Türen befand sich zufälligerweise in Maries Kellerlabor.

Letztes Jahr hatte Marie bemerkt, dass dort an einem Stück Wand Farbe abgeplatzt war. Und das, was unter der Farbe zum Vorschein kam, hatte nach Holz ausgesehen. Als Marie es näher untersucht hatte, hatte sie erkannt, dass es eine Tür war. Eine Tür, die aus ihrem Kellerraum hinter einen großen Busch im Garten führte!

Und weil sie sich schon dachte, dass so etwas irgendwann einmal nützlich sein könnte, hatte Marie niemandem davon erzählt. Stattdessen hatte sie ein Regal davorgeschoben und recherchiert, wie man einen Nachschlüssel für das altmodische Schloss an dieser Tür machen konnte.

Seitdem hatte sie **ihre eigene Geheimtür** nach draußen!

Genau zu dieser Geheimtür schlich sie nun. In ihrem Labor (das immer noch so aussah, als hätte dort ein **Dinosaurier gesteppt**) angekommen, schob sie das Regal beiseite, schloss das uralte Schloss auf und schlüpfte durch die Tür nach draußen.

Kurz darauf krabbelte sie hinter dem großen Busch hervor, schlich sich geduckt ums Haus, damit Luise sie nicht vom Wohnzimmerfenster aus sehen konnte, schnallte sich den Helm auf, schwang sich aufs Rad und fuhr los, mit einem warmen Sommerabendwind im Rücken.

11

Joscha war inzwischen zu Hause angekommen. Noch hatte niemand angerufen, aber es konnte nicht mehr lange dauern.

Unruhig schaute er auf den Umschlag in seiner Hand, in den er die gefälschte Formel gesteckt hatte.

Joscha traute Maries Plan ja nicht so richtig, denn er hatte selbst mitbekommen, dass Marie es mit der Wahrheit manchmal nicht so ganz genau nahm. Das gefiel ihm nicht wirklich – aber sie war eben auch die einzige Person, die ihm Hilfe angeboten hatte.

In diesem Moment klingelte das Handy. Joscha atmete noch einmal tief durch und meldete sich dann.

Zeit für ein Quiz: Was glaubt ihr, wie dieses Gespräch endet?

A) Die Entführer entschuldigen sich.

B) Joscha sagt, dass die Formel gefälscht ist.

C) Die Entführer legen irgendwann einfach auf.

D) Ein Meteor fällt in Joschas Vorgarten und lenkt ihn von allen anderen Dingen ab.

„Hast du die Formel?“, wollte die Entführerstimme wissen.

„Ja, klar.“

„Gut. Geh zu dem Baum gegenüber von eurem Haus, auf der anderen Straßenseite.“

Joscha wusste sofort, welcher Baum gemeint war, er sah ihn jeden Morgen auf dem Weg zur Schule.

„Der hat ein großes Astloch“, fuhr der Entführer fort, „in das steckst du die Formel. Danach gehst du zurück ins Haus und schaust nicht nach draußen. Verstanden?“

„Und was ist mit meinen Eltern?“

„Erst die Formel, dann die Eltern!“

„Und woher weiß ich, dass Sie meine Eltern wirklich freilassen?“

„Du willst deine Mama und deinen Papa wiedersehen, oder?! Dann machst du, was ich gesagt habe.

UND ZWAR SOFORT!“

Ein Klicken – der Anrufer hatte aufgelegt.

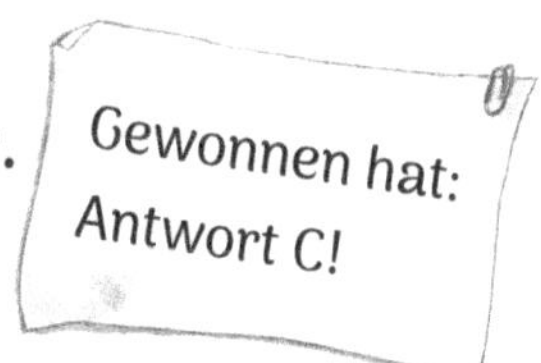

„Sfort“, hatte der Anrufer gesagt. Das Blöde an „sofort“ war, dass es keine Zeit zum Nachdenken ließ. Hätte Joscha diese Zeit gehabt, hätte er wohl überlegt, ob es gut war, den Entführern seiner Eltern eine falsche Formel unterzuschieben, und ob es überhaupt gut war, ihnen etwas zu geben, ohne seine Eltern dafür zurückzubekommen.

Da Joscha diese Zeit aber nicht hatte, tat er das Erste, was ihm einfiel: Er hielt sich an die Anweisungen, ging mit klopfendem Herzen raus und steckte den Umschlag auf der anderen Straßenseite in das Astloch. Das Loch war tiefer, als es von außen den Anschein hatte, und nur ein kleiner Zipfel des Umschlags schaute noch heraus.

Unruhig lief er zum Haus zurück. Hatte er das Richtige getan?

Während alldem war Marie auf ihrem Fahrrad in die Straße eingebogen. Joscha war zu sehr in Gedanken versunken, um sie zu bemerken. Aber Marie erkannte sofort, was los war: **Die Übergabe war in vollem Gange!** Sie war zwar erst seit

ein paar Stunden Detektivin, aber eine Sache wusste sie genau: Die Entführer wollten bestimmt ungestört sein, wenn sie die Formel abholten – deswegen musste sie sich jetzt verstecken.

Marie bremste scharf, lehnte ihr Fahrrad an einen Zaun und schlüpfte hinter einen Strauch in irgendeinen Vorgarten. Vorsichtig spähte sie zwischen den Blättern hindurch. Bestimmt würde gleich jemand die Formel holen.

Tatsächlich! Da war ein Motorengeräusch! Sekunden später sah sie ein Auto in die Straße biegen. Das mussten die Entführer sein!

Marie kniff die Augen zusammen und versuchte, das Nummernschild zu erkennen. Dummerweise dämmerte es inzwischen und die Scheinwerfer waren so blendend hell, dass sie das Kennzeichen unmöglich lesen konnte.

Das Auto fuhr Schritttempo. Wahrscheinlich wollten die Entführer sichergehen, dass sie niemand beobachtete.

Ha!, dachte sich Marie. Wenn die wüssten …

„Ha!“, machte es in diesem Moment auch hinter ihr. Eine Schrecksekunde lang fragte sie sich, ob ihre Gedanken plötzlich laut zu hören waren, doch dann legte sich eine Hand fest auf ihre Schulter. Eine Hand, die einer Frau gehörte, die Marie noch nie zuvor gesehen hatte! **Einer großen, griesgrämigen, grauhaarigen Frau.**

Ja, das war Absicht, dass die Worte alle mit demselben Buchstaben anfangen. Das nennt man Alliteration, und wenn man's maßvoll macht, ist so ein witziges Wortspiel eine angenehme Abwechslung. Man kann's mit den willkürlich wiederholten Wortanfängen aber zu weit treiben, dann wird dieses unsinnige Unterfangen zur ausgesprochen albernen Ablenkung.

„Was spionierst du denn hier rum?!“, fuhr die fremde Frau Marie an. „Willst du hier einbrechen?!“ Sie packte Marie an der Schulter. „Ja, klar, du sagst natürlich keinen Piep“, fuhr sie wütend fort, ohne dass Marie auch nur die Chance gehabt hätte, etwas zu erwidern. „Dann verrate ich *dir* mal was: Wenn du nicht sofort verschwindest, rufe ich **die Polizei**!“

„Ich … ich bin Detektivin“, brachte Marie endlich hervor.

„Pah! Unser Garten ist kein Spielplatz!“

Marie wollte einwenden, dass Detektive und Spielplätze nichts miteinander zu tun hatten, doch es war schon zu spät. Die grimmige Grauhaarige schob sie durch das Gartentor auf den Gehweg – direkt unter eine Straßenlampe und mitten ins **Blickfeld der Entführer**!

Die reagierten sofort! Während die Frau noch immer wütend auf Marie einredete, beschleunigte der Wagen

plötzlich und raste an den beiden vorbei. Es war dasselbe sonnengelbe Auto, das Marie schon am Nachmittag gesehen hatte.

Die Frau ließ von Marie ab und schimpfte dem Wagen hinterher: „He! Das ist keine Rennstrecke! Hier wohnen Kinder!"

Das gelbe Auto verschwand mit quietschenden Reifen um die nächste Ecke.

Die Frau schüttelte den Kopf. „Unmöglich, so was!" Sie hielt inne, und schien sich plötzlich daran zu erinnern, dass sie ja sauer auf Marie war. „Jetzt verschwinde! Soltest eh zu Hause sein um diese Zeit." Sie marschierte zurück ins Haus.

Marie blickte in die Richtung, in die das Auto gefahren war. Sie hatte plötzlich EIN GANZ UNGUTES GEFÜHL, so als ob etwas gerade richtig schiefgegangen war.

> Noch so eine interessante Frage: Wenn etwas gerade richtig schief gehen kann, kann es dann auch schief richtig gerade gehen? Oder wäre das richtig falsch?

Joscha ahnte von alldem nichts. Er hatte sich genau an die Anweisungen der Entführer gehalten und nicht nach draußen geschaut. Alles, was er mitbekommen hatte, war, dass ein Auto plötzlich weggefahren war.

Vielleicht war es bald vorbei, hoffte er. Wenn diese Entführer den Umschlag hatten, konnten sie ja seine Eltern freilassen. Das war die Abmachung gewesen.

Jetzt klingelte das Handy! Aufgeregt ging Joscha ran.

„**Was sollte der Unsinn?!**" Die Stimme des Entführers tönte aus dem Gerät, bevor Joscha überhaupt etwas sagen konnte. Joschas Gedanken rasten. Was war passiert? Hatten die Verbrecher etwa schon gemerkt, dass die Formel gefälscht war?

„Ich ... Es tut mir leid ...", stammelte er.

„Es wird dir noch viel mehr leidtun, wenn du jetzt nicht die Wahrheit sagst: Wie viele Leute hattest du auf uns angesetzt?"

Joscha hatte keine Ahnung, wovon der Verbrecher sprach. „Ich hab niemanden auf Sie angesetzt!"

„**Lüg nicht!** Ich hab deine kleine Freundin wiedererkannt! Waren die Bullen auch da?!"

Der Entführer meint die Polizei – nicht etwa männliche Rinder. Und „Bulle“ ist ein hässliches Wort für Polizisten, das nette Menschen möglichst vermeiden sollten. Daraus können wir schließen, dass der Entführer kein netter Mensch ist. Das ist allerdings keine besondere Überraschung, denn wer Leute entführt, disqualifiziert sich allein dadurch fürs Nettsein.

„Was … Nein, ich hab der Polizei nichts erzählt. Ganz ehrlich!“

„Gut. Und wenn du auch nur daran denkst, die Polizei einzuschalten, passiert **etwas sehr Unschönes.**“

„Und was ist jetzt mit meinen Eltern?“

„Du hast dich nicht an unsere Anweisungen gehalten. Deswegen tust du jetzt erst einmal gar nichts – bis wir uns wieder melden und eine neue Übergabe für die Formel organisieren.“

KLICK!

Der Entführer hatte aufgelegt.

> Der Mann will es wohl auf einen Rekord im Grußlos-Auflegen anlegen. Könnte man zumindest so auslegen.

Joscha brauchte einen Moment, um zu verarbeiten, was der Verbrecher eben gesagt hatte: Er hatte von Joschas „kleiner Freundin“ gesprochen – meinte der etwa …?

Es klingelte an der Tür. Draußen stand Marie und guckte sehr bedröppelt.

* * *

„**Wieso bist du hier überhaupt aufgetaucht?!**“ Joscha hatte Marie hereingelassen und lief wütend im Flur auf und ab. „Alles hätte wunderbar geklappt, wenn du weggeblieben wärst!“

„Ich bin Detektivin, und das hier ist mein Fall!“, erklärte sie.

„Du hättest einfach nur zu Hause bleiben müssen! Aber das kannst du ja anscheinend nicht!“ Joscha merkte, dass sein Ärger irgendwo hinmusste – und Marie schien das passende Ziel zu sein. „Wo immer du auftauchst, **machst du nur Ärger!**“

Marie starrte Joscha einen Moment mit offenem Mund an. „Wie bitte?! Ich hab dir ja wohl obertotal geholfen! Mein ganzes Detektivwissen hab ich für dich eingesetzt!“

Joscha lachte auf. „Darauf kann ich verzichten!“

Marie sah ihn abschätzig an. „Okay. Dann gib mir mein Handy, damit ich allein weitermachen kann.“

„Allein weitermachen?!“

„Wenn du nicht mehr mitmachst, befreie ich deine Eltern eben ohne dich.“

„Äh, mal langsam. Du willst meine Eltern befreien? Das heißt, du weißt, wo sie sind?!“

„Noch nicht. Aber ich weiß, wie wir es rausfinden können.“

Jetzt war es Joscha, der Marie mit offenem Mund anstarrte.

12

Kurz darauf saßen die beiden an Joschas Schreibtisch. Marie hatte ihr Telefon in der Hand.

„So“, erklärte sie, „jetzt hören wir uns die Anrufe der Entführer an.“

„Du willst **die Entführer anrufen**?!“, fragte Joscha ängstlich.

„Nee, ich hab doch alle Anrufe aufgenommen! Das war einer der Gründe, warum ich alles auf mein Handy umgeleitet hab.“

„Du hast meine Gespräche mit denen aufgezeichnet?“, wunderte sich Joscha. „Aber was soll uns das denn bringen? Die haben doch nicht erzählt, wo sie sind.“

„Müssen sie auch nicht“, erklärte Marie. „Das erzählt ihre Umgebung.“

„**Häh?!**“

„Detektive werten die Informationen aus, die sie haben, und ziehen daraus Schlüsse. Genau das machen wir jetzt.“

Es war ein merkwürdiges Gefühl für Joscha, die Anrufe noch einmal zu hören. Und das nicht nur, weil seine eigene Stimme auf Aufnahmen immer so komisch klang.

> Übrigens finden alle Leute, dass ihre eigenen Stimmen auf Aufnahmen doof klingen. Gleichzeitig ist es aber so, dass solche Aufnahmen alle Stimmen so wiedergeben, wie sie für andere Leute klingen. Daraus folgt: Alle Leute haben Stimmen, die doof klingen.

Viel schlimmer war, dass er sich beim Zuhören wieder so nervös und unsicher fühlte wie bei den Gesprächen selbst. Je öfter er die Drohungen und Forderungen der Entführer hörte, umso mehr **Angst** bekam er.

Marie hingegen schien das alles nichts auszumachen. Sie hatte ein Blatt Papier vor sich liegen und machte sich eifrig Notizen.

Dreimal hörten sie alle Aufnahmen durch.

„Ich kann die bald auswendig“, beschwerte sich Joscha.

„Das bringt doch nichts!“ Marie zog einen Kopfhörer hervor und stöpselte ihn ins Telefon.

„**Psst!**“

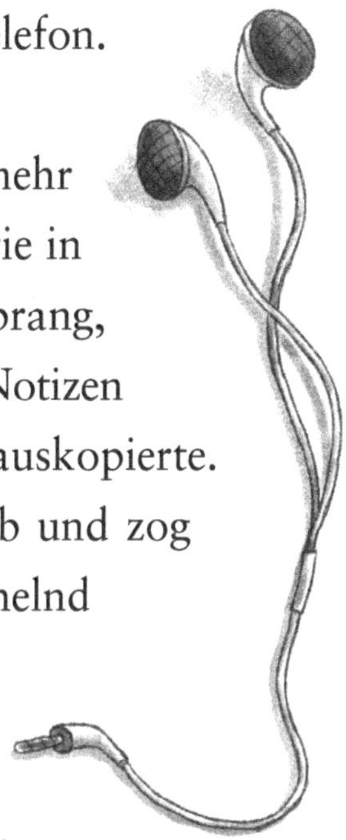

Jetzt konnte Joscha nicht einmal mehr mithören. Hilflos sah er zu, wie Marie in den Aufnahmen vor- und zurücksprang, Sachen im Internet nachschaute, Notizen machte und einige Audio-Schnipsel rauskopierte.

Endlich nahm sie die Kopfhörer ab und zog sie aus dem Telefon. Zufrieden lächelnd verkündete sie: „So, jetzt haben wir alles, was wir brauchen.“

„Ach ja? Also, ich hab gar nichts.“

„Darum bin ich ja auch die **Detektivin** und nicht du.“ Marie blickte sich suchend um. „Wo ist denn euer Drucker?“

„Bei Mama im Arbeitszimmer.“

Kurze Zeit später hatte Marie einen Stadtplan ausgedruckt. „Jetzt finden wir den Ort, an dem die Entführer deine Eltern festhalten“, erklärte sie. Sie nahm sich einen Stift. „Wir wissen, dass die Entführer von ihrem

Versteck bis hierher ungefähr eine halbe Stunde mit dem Auto brauchen. Sie müssen also irgendwo in diesem Gebiet sein." Sie zeichnete einen Kreis auf den Plan, mit Joschas Haus in der Mitte.

„Das ist doch fast die ganze Stadt!", beschwerte sich Joscha. „Wie soll uns das denn helfen?!"

„Ich hab ja gerade erst angefangen!" Marie drückte auf ihr Telefon und spielte einen Aufnahme-Clip ab.

„Dann hör mir jetzt genau zu", tönte die Stimme des Entführers aus dem Lautsprecher. Er sprach recht laut und im Hintergrund war ein komisches Knattern zu hören. *„Im Arbeitszimmer deiner Mutter ist eine Formel. Eine Formel über …"* Dann hörte man einen kurzen Moment nur Gemurmel, danach fuhr der **Entführer** fort: *„Über irgendwas mit Brennnesseln."*

„Hast du es gehört?!", wollte Marie wissen, als die Aufnahme fertig abgespielt war.

„Dass die die Formel wollen? Das wussten wir doch schon."

„Nein! Den ganzen anderen Kram! Moment, ich mach's deutlicher." Marie tippte wieder auf ihrem

Handy herum. „Hier, da unterhalten sich zwei von denen im Hintergrund.“ Sie spielte wieder etwas ab.

Es rauschte lauter als vorher, aber jetzt konnte Joscha ein paar Satzfetzen verstehen: *„… geh … Keller, um sie zu fragen!“ – „… versucht … die sagen nix!“*

„Der redet von meinen Eltern!“, erkannte Joscha.

„Genau!“, antwortete Marie. „Und die sind in einem Keller!“

„Und was hilft uns das? Häuser mit Kellern gibt’s doch jede Menge.“

„Das ist ja auch noch nicht alles!“ Marie hielt Joscha wieder das Telefon hin. „Hier, dieses Knattern aus demselben Clip!“

„Dann hör mir jetzt genau zu“, aber diesmal achtete Joscha nicht auf das, was der Entführer sagte, sondern mehr auf das Geräusch, das zusätzlich zu hören war.

„Das … Ist das ein Hubschrauber?!“

„Volltreffer!“, bestätigte Marie. „Und ich hab eine App, mit der man nachsehen kann, welche Flugzeuge

und Hubschrauber in den letzten paar Stunden durch die Gegend geflogen sind."

Joscha konnte nur erstaunt blinzeln. Er hatte aufgehört sich zu fragen, woher Marie all die **wundersamen Apps** und Hilfsmittel hatte, die sie aus dem Ärmel zog.

Marie öffnete die App – und auf dem Handy erschien eine Landkarte.

„Der Anruf kam um 15:55 Uhr. Als Gebiet wählen wir unseren Ort. So, jetzt noch auf ‚Suchen' tippen und dann ..."

Sekunden später ploppten auf der Karte ein paar Symbole auf. „Das hier sind Flugzeuge, die sind uns egal. Aber hier!" Sie zeigte auf ein kleines Hubschrauber-Symbol. „Das ist ein **Polizeihubschrauber**! Und wir können genau sehen, wo der war, während du telefoniert hast."

„Super!", entfuhr es Joscha. „Das heißt, wir wissen jetzt, wo die Kerle sind?!"

„Noch nicht. So ein Hubschrauber ist ganz schön weit zu hören. Ich schätze mal, ungefähr in diesem Gebiet hier." Sie zeichnete einen zweiten Kreis auf den

Stadtplan. Deutlich kleiner als der erste, aber er schloss immer noch eine Menge Straßen und Häuser ein.

„Das kriegen wir doch nie im Leben abgesucht", erklärte Joscha enttäuscht.

„Müssen wir auch nicht. Hör mal hier." Marie startete eine weitere Aufnahme. Aus dem Lautsprecher tönte das Schlagen einer Kirchturmuhr.

„Das ist aus dem Anruf beim Abendessen, oder?", wollte Joscha wissen.

„Genau. Und damit kriegen wir raus, wo sich die Entführer aufhalten."

Joscha verstand. „Das Haus muss in der Nähe einer Kirche sein." Aufgeregt suchte er den Stadtplan ab, doch dann ließ er **frustriert** die Karte sinken. „Da sind ja vier Kirchen in der Nähe des Hubschraubers. Woher sollen wir denn wissen, welche das ist? Und jetzt sag nicht, du erkennst das an den Glocken."

„Doch", antwortete Marie. „Aber nicht am Klang, sondern daran, *wann* man sie hört." Sie hielt Joscha das Telefon hin. „Das war das Schlagen zur halben Stunde – aber jetzt guck mal, wann das aufgenommen wurde."

„Hmm, eine Minute vor halb?! Geht deine Handyuhr falsch?"

„Unsinn! Die kriegt ihre Zeit übers Internet, von einer **supergenauen Atomuhr**. Nein – die Kirchturmuhr geht eine Minute vor!" Sie wischte wieder auf dem Handydisplay herum. „Und nun schau mal, was ich im Netz gefunden habe. Das ist ein Webcam-Bild, von einer der Kirchen."

Auf dem Handy erschien das Videobild eines Kirchturms. Er wurde angeleuchtet, weil es schon dämmerte, und man konnte die Turmuhr sehr gut erkennen.

„Das Bild ist live. Also von genau jetzt. Und nun achte mal auf die Uhrzeit“, forderte Marie Joscha auf.

„Die geht vor! Eine Minute vor!“

„Richtig! Und damit wissen wir, wo deine Eltern sind.“ Sie zeigte auf den Stadtplan. „Das hier ist die Kirche, die wir suchen. In der einen Richtung ist ein Friedhof, da sind die bestimmt nicht. Da drüben ist ein Parkplatz, der würde auch keinen Sinn ergeben, und das Wohngebiet hier kann es auch nicht sein.“

„Wieso?“

Marie suchte auf dem Handy ein paar Fotos und Zeitungsartikel heraus. „Deine Eltern sind doch in einem Keller. Das hier ist allerdings ein Neubaugebiet, und in diesem Artikel steht, dass aufgrund des feuchten Bodens die Häuser dort nicht unterkellert werden konnten. Aber schau mal da.“ Sie deutete auf eine große, bewaldete Stelle nahe der Kirche.

„**Ein Hügel?**“, wunderte sich Joscha.

„Ja, aber lies, was da steht.“

„‚Landgasthof Werthermühlen‘ – du meinst, die halten meine Eltern in einem Restaurant gefangen?“

„In einem *ehemaligen* Restaurant.“

Marie öffnete einen weiteren Zeitungsartikel; die Meldung war knapp zwei Jahre alt:

> Restaurant am Stadtrand muss schließen
>
> Wegen der schlechten wirtschaftlichen Lage muss der **Landgasthof Werthermühlen** auf dem Flachsberg zum Ende des Monats schließen. Dies gab Betreiber Hajo Werthermühlen gestern bekannt.

„Der Laden steht seitdem leer“, erklärte Marie.

„Und du meinst, die sind da drin?“

„Klar. Das Haus ist alt und hat bestimmt einen Keller, es liegt in der richtigen Gegend, und es würde sich super eignen, um jemanden zu verstecken: keine Nachbarn, keine Bewohner, einfach gar keine Störungen. Jede Wette: **Die sind genau da drin!** Und wir gehen da jetzt auch hin!“

Joscha schüttelte den Kopf. „Nee, das ist zu gefährlich."

Marie verstand nicht. „Aber ... Was willst du denn dann unternehmen?"

„Das, was ich schon längst hätte tun sollen: Ich rufe die Polizei an." Entschlossen schnappte er sich Maries Handy.

„Warte! Die Entführer haben doch gesagt, dass du das nicht machen sollst! Sonst tun die deinen Eltern was!"

Joscha zögerte. Marie hatte nicht ganz unrecht. „Ja, aber wir können meine Eltern nicht allein befreien ...", wandte er ein.

Marie ließ das nicht gelten. „Hast du vorher geglaubt, dass wir rauskriegen können, wo die Entführer stecken?"

„Äh ... nein", gab Joscha zu.

„Eben. Aber ich hab's geschafft. Weil ich eine richtig gute Detektivin bin. Und richtig gute Detektive können auch Entführungsopfer befreien. Wetten?" Sie stand auf und zog ihre Jacke an. „Los jetzt! Wir haben einen Fall zu lösen."

13

Sie nahmen einen Umweg, denn Marie musste sich noch ins Haus schleichen und Luise Gute Nacht sagen.

Joscha wartete solange draußen – aber als Marie zurückkam, sah er sie unsicher an. „Und?“

„Sie hat nicht gemerkt, dass ich bei dir war. Und jetzt denkt sie, dass ich selig in meinem Bett schlafe. Wir haben also **freie Bahn.**“

„Findest du das nicht blöd, Luise anzulügen?“

„Was soll ich denn sonst machen?“

„Ich weiß nicht – vielleicht ihr sagen, was wir vorhaben?“

„**Spinnst du?!** Die verbietet uns das sofort!“

„Und was ist, wenn was schiefgeht und die Typen uns entdecken?“

„**Dann rufen wir die Polizei!** Ich hab ja mein Handy dabei.“

Marie schwang sich auf ihr Fahrrad und trat in die Pedale. Joscha atmete tief durch, dann folgte er ihr.

Der Weg war ziemlich anstrengend. Die Straße zum

Gasthof machte einen weiten Schlenker von der Stadt weg, außerdem lag der Hof auf einem Hügel. Sie fuhren eine schier endlose Zeit über einsame Landstraßen, und dann, als sie sich dem Ziel näherten, wurde die Straße auch noch immer steiler. Doch irgendwann hatten sie es **geschafft**.

Marie bremste und stemmte die Hände schwer atmend in die Hüften. Im Licht des Mondes sahen sie das Eingangstor zum Restaurantgelände. Ein verblichenes Schild erinnerte noch an die goldenen Zeiten des „Landgasthof Werthermühlen“.

Und damit, liebe Leserinnen und Leser, sind wir nun endlich da angekommen, wo wir angefangen haben. Für alle, die unter Vergesslichkeit leiden: Die beiden sind im Mondschein am Versteck der Entführer angelangt, Marie ist über das Tor geklettert, Joscha folgt ihr gerade, und in der Ferne nähern sich bellende Hunde.

Falls ihr mehr wissen wollt, blättert ruhig noch einmal zurück zum Anfang des Buches. Aber vergesst nicht, hinterher wieder hierher zurückzukommen!

Als Joscha sich auf der anderen Seite des Zaunes herunterließ, war Marie schon zwischen den Bäumen verschwunden. Er schaute hektisch nach rechts und links, aber zum Glück waren weit und breit keine **gefährlichen Wachhunde** zu sehen.

„Los, komm hierher!“, zischte es von irgendwo.

Joscha sah sich suchend um, doch da waren nur Bäume und Büsche. „Wohin denn?“

„Na hierhin!“

„Du kannst noch tausendmal ‚hier‘ sagen, aber ich weiß nicht, wo das ist. Für mich ist hier hier.“

Marie ließ kurz den Bildschirm ihres Handys aufleuchten.

Jetzt konnte Joscha sehen, dass sie sich hinter einen Busch geduckt hatte. Rasch schlich er zu ihr.

„**Da bist du ja endlich**“, flüsterte Marie. „Hörst du die Hunde?“

Jawohl – wenn man der Aufforderung ‚komm hierher‘ folgt, ist man danach nicht etwa hier, sondern da. Woher das kommt? Daher.

„Lauter, als mir lieb ist.“ Joscha spähte in die Nacht und bemerkte etwas auf dem Gras. **Etwas ziemlich Großes mit vier Beinen.** „Ich glaub, da hinten ist einer von denen! Und da noch einer!“

„Die müssen wir ablenken!“, erklärte Marie.

„Und wie willst du das anstellen?“

„Guck mal, ob du ein paar Stöcke findest.“

„Willst du mit denen ‚Hol das Stöckchen‘ spielen?“

Marie seufzte und nahm ihren Rucksack ab. „Mach einfach, dann wirst du schon sehen."

Joscha tastete auf dem Boden herum, und endlich umfassten seine Finger einen Stock, fast so lang wie sein Unterarm.

„Geht der hier?"

„Ja", antwortete Marie knapp, während sie in ihrem Rucksack wühlte. „Noch mehr."

Joscha sammelte noch ein paar Stöcke, und Marie zog inzwischen eine Plastikflasche aus dem Rucksack. Für Joscha sah sie ein bisschen aus wie eine Spülmittelflasche.

Die Flasche sah aus wie eine Spülmittelflasche. Nicht Marie. Marie sieht nämlich kein bisschen wie eine Spülmittelflasche aus.

„Gib mir die Stöcke“, forderte Marie ihn auf. Sie öffnete die Flasche und tröpfelte auf jeden Stock ein wenig Flüssigkeit, die sie sorgfältig verrieb.

„Hast du da Geschirrspülmittel draufgetan?“, wunderte sich Joscha.

„Quatsch! Das ist eine meiner Erfindungen. Flüssiges Wurstaroma. Das schmiert man auf einen Stock, damit er wie ein Würstchen riecht. Dann schmeißt man den weg, und die Hunde rennen ihm nach und lassen einen in Ruhe.“

„Ah ja … Aber warum hast du nicht einfach direkt Würstchen mitgenommen?“

Marie brummte ärgerlich. „Das ist meine Erfindung, ja?! Die lasse ich mir nicht von dir schlechtmachen!“ Sie reichte Joscha einen Stock, der jetzt wirklich wie ein Würstchen roch. „Wie gut kannst du werfen?“

„Och, eigentlich ganz gut.“

„Dann wirf jetzt. Und zwar so, dass die Hunde von uns weggelockt werden.“

Joscha trat einen Schritt vom Busch weg. Sofort schaute einer der Hunde hoch und blickte zu ihm herüber. Einen Moment später hob auch der zweite Hund seinen Kopf und knurrte. Im Mondlicht konnte Joscha ihre Umrisse erkennen. Es waren große schlanke Tiere mit kantigen Köpfen und **riesigen Mäulern**. Mäulern, in denen sich bestimmt scharfe Zähne befanden.

„Ganz ruhig. Hier, das Würstchen-Stöckchen ist viel toller als ich!“ Joscha atmete noch einmal tief ein, holte weit aus, dann schmiss er den Stock in hohem Bogen von sich.

Einen Moment sah es so aus, als wäre das den beiden

Hunden völlig egal. Doch dann wandte sich einer von ihnen um, schnupperte in die Richtung, in die der Stock geflogen war, und rannte urplötzlich los. Nur eine Sekunde später verschwand auch der zweite Hund in der Dunkelheit.

„KLASSE!“, freute sich Marie. „Erster Test, und gleich ein Erfolg!“

Joscha zuckte zusammen. „Du hattest das Zeug vorher noch nie ausprobiert?“

„Wie denn? Ich habe keinen Hund.“

„Und wenn die Biester nicht dem Stock hinterhergerannt wären, sondern mich angefallen hätten?!“

„Dann wäre der Test ein **Fehlschlag** gewesen“,

erklärte Marie trocken. „Aber jetzt schmeiß noch ein paar Stöcke hinterher, damit die Viecher genug zu tun haben."

Joscha schüttelte fassungslos den Kopf, folgte aber Maries Aufforderung und warf auch die restlichen Stöcke, einen nach dem anderen, in die Richtung, in die die Hunde verschwunden waren. Er setzte gerade dazu an, sich bei Marie über sein **Versuchskaninchen-Dasein** zu beschweren, da stieß diese ihn an und deutete in dic Ferne. Dort hinten, zwischen ein paar Bäumen, war Licht!

„Das muss das leer stehende Restaurant sein!", flüsterte Joscha aufgeregt.

„Stimmt. Aber so richtig leer steht es im Moment wohl nicht."

„**Dann sind die Entführer wirklich hier!**"

Sie sahen sich noch einmal um, ob die Hunde auch tatsächlich nicht mehr auf sie achteten, dann rannten sie geduckt zu der Baumgruppe hinüber.

14

Das Restaurantgebäude war fast ganz dunkel. Nur in einem Raum brannte Licht.

„Ich glaub, da ist jemand drin!“, flüsterte Joscha.

„Ach nee, ich dachte, die Lampe hätte sich von allein eingeschaltet.“

Nein! Ich meine, da ist jetzt gerade jemand in dem Raum. Guck doch mal an die Wand! Der Schatten.“

„Da hält wohl wer Wache“, vermutete Marie.

„Dann müssen wir ums Haus rum und einen anderen Eingang suchen“, schlug Joscha vor.

Doch Marie hielt ihn zurück. „Das können wir einfacher haben.“

Sie öffnete ihren Rucksack und zog einen Karton heraus.

„Was wird denn das schon wieder?“, wunderte sich Joscha.

„Unser fliegendes Auge.“ Marie nahm eine Reihe von Maschinenteilen aus dem Karton.

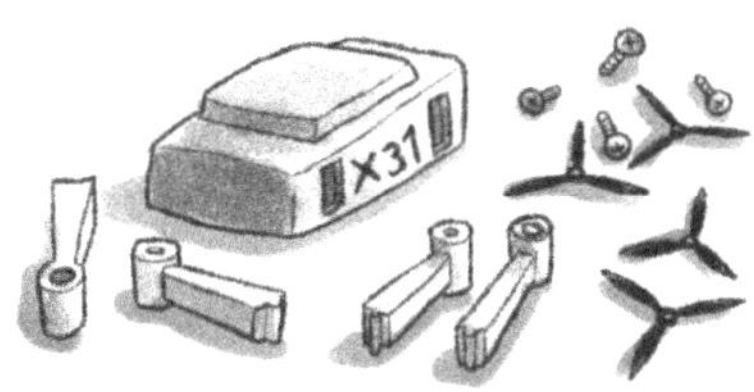

Da war ein dickes Kästchen mit kleinen Lampen, ein paar lang gestreckte Plastikarme, vier Propeller und jede Menge Kabel.

Trotz der Dunkelheit steckte Marie das Ganze in Windeseile zusammen, und schnell erkannte auch Joscha, was er vor sich hatte. „KRASS! EINE DROHNE!“

Das Wort „Drohne“ kann viele Bedeutungen haben. Biologen meinen damit eine männliche Biene oder Wespe, und Ingenieure denken an ein tonnenschweres Flugzeug, das ohne einen Piloten an Bord fliegen kann. Spielzeughersteller haben bei dem Wort „Drohne“ ein handliches ferngesteuertes Fluggerät im Sinn, und Landkartenzeichner einen kleinen Ort im Nordosten von Osnabrück. Ihr dürft jetzt selber raten, was davon Marie in ihrem Rucksack hatte.

„Mit Kamera. Hab ich selber gebaut. Okay, nach Anleitung, aber ich hab sie verbessert.“ Marie drückte einen Knopf und die Lämpchen an der Drohne leuchteten schwach. Dann zog sie ihr Telefon hervor und startete eine App. Die Propeller des handlichen ferngesteuerten Fluggeräts begannen leise zu surren. Einen Moment später hob die Drohne ab und schwebte einen Meter über dem Boden.

> Na, richtig geraten? Oder hattet ihr gedacht, es wäre das Dorf bei Osnabrück?

Auf Maries Handy war das Bild der Bordkamera zu sehen. Viel Dunkelheit und mittendrin das **leuchtende Fenster**.

„Damit können wir uns umsehen, ohne dass wir aus dem Versteck rausmüssen." Marie tippte auf das Handydisplay, und die Drohne flog auf das Fenster zu.

„Sind die Propeller nicht zu laut?", sorgte sich Joscha.

„Von drinnen kann man die nicht hören."

Konzentriert steuerte Marie das Fluggerät so nah wie möglich an die Fensterscheibe – und jetzt konnten sie erkennen, woher der Schatten kam: Auf einem Stuhl saß ein dicklicher unrasierter Mann. Plötzlich sah er auf, als hätte er etwas gehört.

Einen Moment fürchtete Joscha, er könnte die Drohne bemerkt haben, doch der Mann stand einfach auf und verließ den Raum.

Marie steuerte die Drohne weg vom Fenster und ließ sie höher steigen – über das Dach, fast bis auf Höhe der Baumwipfel.

Auf dem Bildschirm sah Joscha die Lichter der nächtlichen Stadt vorbeiziehen, während Marie das Fluggerät auf die andere Seite des Hauses navigierte.

Joscha war die ganze Sache nicht geheuer. „Ist das nicht ein bisschen hoch?"

„Ich hab die Funkverbindung verbessert. Damit hat das Ding einen Superempfang, auch auf Entfernung."

Marie ließ die Drohne tiefer fliegen, sodass sie die andere Seite des Gebäudes begutachten konnten.

Eine Wandlampe beleuchtete eine Garagenauffahrt, und neben der Garage war eine kleine Tür – wahrscheinlich der Hintereingang.

„Meinst du, dass wir da rein können?"

Marie schüttelte den Kopf. „**Mitten durchs Licht?** Da würden wir alle Tarnung aufgeben."

Plötzlich bemerkten sie eine Bewegung auf dem Bildschirm: **Die Tür ging auf!**

Marie ließ die Drohne rasch wieder hochsteigen.

Von weit oben sahen sie, wie der Mann, der eben noch auf dem Stuhl gesessen hatte, aus dem Haus trat und das Garagentor öffnete. Kurz darauf kam ein zweiter Mann dazu und sprach den ersten an.

Obwohl die Unterhaltung auf der anderen Seite des Hauses stattfand, konnten Joscha und Marie in der Stille der Nacht genau verstehen, was gesagt wurde:

„Ist der Tank voll?"

„Ja, aber sollten wir nicht hierbleiben, bis wir die Formel haben?"

„Der Plan war, dass wir heute abhauen. Das ist mit Hawe so abgesprochen. Wenn wir das ändern, sehen wir **nix von der Kohle**."

„Aber ist das nicht zu gefährlich, mit den Gefangenen durch die Gegend zu fahren?"

„Hierzubleiben wäre noch gefährlicher. Du hast doch gesehen, dass der Kleine sein Maul nicht halten konnte."

„Nur weil dieses Mädchen uns beobachtet hat?"

„Nein! Weil wir nicht wissen, ob er nicht auch noch anderen Leuten davon erzählt hat! Wir müssen in Bewegung bleiben – nur so verhindern wir, dass wir entdeckt werden. Wenn wir das neue Versteck erreicht haben, sehen wir weiter."

Joschas Knie wurden weich. Seine Eltern waren ganz in der Nähe – und die Entführer wollten mit ihnen abhauen! Das musste verhindert werden!

Er blickte zu Marie, weil er wissen wollte, ob die das genauso sah, doch die schien mit ganz anderen Dingen beschäftigt zu sein: Sie guckte besorgt und tippte auf dem Telefon herum. Der Bildschirm zeigte kein Kamerabild mehr!

„Was ist los?", flüsterte Joscha.

„Ich hab keine Verbindung und kann die Drohne nicht mehr steuern!"

„Ich dachte, du hättest die Funkverbindung so toll hingekriegt?"

„Hab ich auch, aber jetzt hat sie nicht mehr genug Strom“, erklärte Marie.

„Und was machen wir da?!“

„Größere Akkus einbauen.“

Joscha stöhnte leise. „Nein, ich meine: Was machen wir jetzt?!“

„Wir können nix machen. Die fliegt noch ein bisschen, und früher oder später stürzt sie ab!“

Wie zur Bestätigung von Maries Worten, fing die Drohne an, ein wenig zu schwanken und zu taumeln.

Joscha erschrak. Wenn das Ding runterkam, würde es den Entführern praktisch auf den Kopf fallen! Und dann wüssten die Typen sofort, dass er und Marie da waren!

„**Die Drohne darf nicht abstürzen!**“, erklärte er.

„Wird sie aber. Ohne Verbindung kann ich nichts tun.“

Joscha überlegte. „Meinst du, das Telefon könnte sich verbinden, wenn wir näher dran wären?“

„Kann sein“, erwiderte Marie. „Sind wir aber nicht.“

„Dann werde ich das ändern!“ Bevor Marie etwas sagen konnte, schnappte sich Joscha ihr Telefon und schlich geduckt über den Rasen zum Haus.

„**Was soll das?!**“, empörte sich Marie und setzte an, ihm zu folgen, doch Joscha gab ihr ein Zeichen, zurückzubleiben. „Zu zweit sind wir zu laut.“

Ohne auf Maries Antwort zu warten, pirschte er sich am Haus entlang an. Wenn er nah genug an die Drohne herankäme, könnte er sie vielleicht steuern und verhindern, dass sie den Entführern vor die Füße fiel!

Nach ein paar Metern blickte er auf das Handy: keine Verbindung. Er schlich weiter, immer darauf bedacht, möglichst **kein Geräusch** zu machen. Schon war er an der hinteren Ecke des Hauses. Näher heran konnte er nicht, wenn er nicht gesehen werden wollte.

Die Entführer unterhielten sich noch immer. Es ging um Bankkonten und Termine.

Joscha blickte wieder auf Maries Handy, in der Hoffnung auf eine Verbindung zu dem Fluggerät ... doch der Bildschirm blieb schwarz. Er lugte vorsichtig um die Ecke und schob sich noch ein ganz kleines Stück nach vorn, nur so weit, dass **die Verbrecher** ihn nicht entdeckten.

Dort oben schwebte schwankend die Drohne. Die Rotoren surrten unregelmäßig, aber zum Glück waren sie so leise, dass das Geräusch nicht auffiel, wenn man nicht darauf achtete.

Da! Jetzt stotterte ein Propeller, die Drohne kam aus dem Gleichgewicht, sackte ab, bis sie nur zwei Meter über den Köpfen der Entführer schwebte ... fing sich aber im letzten Moment und stieg wieder ein Stück! Puh! DAS WAR KNAPP!

Joscha kam eine Idee: Wenn die Drohne tiefer

flog, war sie auch näher an ihm und dem Handy. Konnte er nun vielleicht Verbindung aufnehmen?

Tatsächlich! Das Kamerabild war wieder da!

Allerdings hatte Joscha keine Ahnung, wie man die Drohne steuerte ... Er tippte probeweise auf den Bildschirm, und das Ding raste ein Stück in Richtung Wald. Immerhin weg von den Entführern – das war gut.

Er probierte noch ein paar Steuerungsmanöver: nach links, nach rechts und ein bisschen weiter nach hinten – und natürlich passte er auf, dass sie nicht zu weit wegflog.

Langsam wurde er sicherer. Vielleicht konnte er es doch noch schaffen, die Drohne unbemerkt zu sich rüberzufliegen, bevor die Batterien leer waren.

Doch gerade als Joscha sich freute, wurde der Handy-Bildschirm wieder schwarz! Die Propeller der Drohne drehten noch einmal auf, dann verschwand sie viel zu schnell und viel zu tief zwischen ein paar Bäumen.

Sekunden später hörte er ein Krachen und ein Knirschen – und dann eine sehr unangenehme Stille.

„**Was war das?!**“, rief einer der Entführer.

Joscha stand wie erstarrt in seinem Versteck und traute sich nicht, sich zurückzuziehen. Jetzt, wo die Verbrecher lauschten, hätten sie bestimmt seine Schritte gehört.

„Das kam aus dem Wald!", meinte der Zweite. „IST DA WER?! Komm sofort raus!"

Stille.

„Wir suchen das Gelände ab!", entschied der Erste.

Joschas Herz schlug immer schneller. Gleich würden sie bestimmt um die Ecke kommen – und er würde es nie im Leben rechtzeitig zurück zu Marie schaffen.

Schon hörte er, wie sich Schritte näherten – als plötzlich irgendwo etwas auf den Boden fiel, und einen Moment später knackte und knisterte es im Gestrüpp bei der Garagenauffahrt.

„Hier ist irgendwer!“

Die Schritte entfernten sich von Joschas Versteck, einen Moment später ertönte ein Bellen, und kurz darauf lachte einer der Entführer auf.

„Das waren nur die Hunde! Na, Rollo, was hast du denn da?!“

„Seit wann ist der so begeistert von Stöckchen?“, wunderte sich die andere Stimme.

„Keine Ahnung, aber von dem hier kriegt er jedenfalls nicht genug.“

Joscha atmete durch – für den Augenblick war die Gefahr gebannt.

Einer der Entführer räusperte sich. „Los jetzt! Zeit zum Abmarsch!“

Der andere Entführer stieß einen Pfiff aus, und Joscha hörte, wie auch der zweite Hund aus dem Gebüsch kam.

Wieder knirschten die Schritte der beiden Männer

auf dem Kies, gefolgt vom Tapsen der Hunde, und kurz darauf öffnete und schloss sich eine Tür, als alle ins Haus gingen.

„Zeit zum Abmarsch", hatte der Entführer gesagt. Joscha wusste, was das hieß:

GLEICH WÜRDEN SIE
SEINE ELTERN RAUSBRINGEN!

15

Die Männer waren kaum verschwunden, da tauchte Marie neben Joscha auf.

„Warst du das eben?“, wollte Joscha wissen. „Hast du den Stock geworfen und die Hunde angelockt?“

„Ja, tut aber nichts zur Sache.“

„Natürlich tut es das! Du hast mich gerettet!“

„Viel wichtiger ist was ganz anderes“, beharrte Marie. „Du bist einfach abgehauen! Mit meinem Handy!“

„Damit die Drohne den Entführern nicht auf den Kopf fällt!“

„Ich bin die Detektivin und das sind meine Ermittlungen. Das heißt, ich bestimme, was gemacht wird!“

„Müssen wir das jetzt ausdiskutieren? Hier werden jeden Moment meine Eltern aus dem Haus gebracht, und du fängst mit so was an.“

Marie überlegte kurz. „Du hast recht. **Wir müssen hier weg!**“

„Was? Gleich bringen die meine Eltern raus!“

„Ja, aber die sind bestimmt gefesselt oder so! Die

können uns nicht helfen und wir denen nicht. Die Entführer packen sie ins Auto, und wohin fährt das?“

„Na ja, zum Eingangstor?“

„Genau! Und was ist am Eingangstor?“

Jetzt verstand Joscha. „**Unsere Fahrräder**! Die sehen dann unsere Fahrräder und wissen, dass wir hier sind!“

„Endlich hast du’s kapiert! Also los, wir müssen die sofort verstecken!“

Sie eilten zurück zum Eingang und standen endlich vor dem großen Metalltor. Marie wollte gerade drüberklettern, da ertönte ein brummendes Geräusch wie von einem Elektromotor.

Das war kein Wunder, denn das Geräusch kam von einem Elektromotor – und Elektromotoren haben die Angewohnheit, wie Elektromotoren zu klingen. (Wäre auch verwirrend, wenn sie stattdessen Opern-Arien singen würden.)

Kurz darauf klackte etwas und die Torflügel begannen, sich langsam zu öffnen.

„Eine Automatik“, bemerkte Marie unnötigerweise. „Das heißt, die kommen gleich!“

Sie schlüpften durch das Tor, schnappten sich die Räder und warfen sie rasch ins Gebüsch. Joscha und Marie schafften es gerade noch, sich daneben auf den Boden zu legen, da hörten sie schon ein neues Geräusch:

einen Automotor!

Der klang übrigens
wie ein Automotor.

Der Weg knirschte unter den Reifen, als der gelbe Wagen angefahren kam.

Joscha versuchte, einen Blick auf die Insassen zu erhaschen oder wenigstens auf das Nummernschild. Doch er musste sich ducken, als das Licht der Scheinwerfer über die Büsche strich, hinter denen sie sich versteckten. Sekunden später verschwand der Wagen um die nächste Kurve.

Joscha setzte seinen Helm auf und schwang sich aufs Rad. „**Los! Hinterher!**“

„Warte!“ Marie deutete in eine andere Richtung. „Hier lang. Die Karten-App sagt, dass das eine Abkürzung ist!“ Sie fuhr los und bog in den Weg ein, den die App vorgeschlagen hatte.

Joscha folgte ihr, nicht ganz überzeugt, dass das so eine gute Idee war.

Der Weg war schmal, unbefestigt und viel steiler als die Straße, die sie auf dem Hinweg genommen hatten. Er führte mitten durch den **dunklen Wald**. Zwischen den Bäumen konnte Joscha die Lichter des Entführer-Autos sehen, das auf der größeren Straße langsam um die Kurven fuhr.

„Cool, so schaffen wir es echt, die zu überholen!“, freute sich Marie.

Es war ein **wilder Ritt**. Steiler und steiler wurde der Weg; immer wieder bockten die Fahrräder, wenn die Reifen auf Baumwurzeln trafen. Mehr als einmal dachte Joscha, dass es ihn aus dem Sattel hauen würde, aber irgendwie fanden die Räder jedes Mal wieder in die Spur zurück.

Bis zu dem Moment, **als Marie stürzte**.

Schuld war ein heruntergefallener Ast, der in die Speichen von Maries Vorderrad geriet. Sie spürte, wie das Hinterrad sich immer weiter vom Boden hob. Geistesgegenwärtig drückte sie den Lenker mit den Armen nach unten, nahm gleichzeitig die Füße von den Pedalen und streckte sie so weit wie möglich zur Seite. Das Hinterrad stieg immer höher, und als der Lenker tief genug war, schwang Marie ihre Beine darüber und versuchte, die Füße auf den Boden zu bekommen. Sobald sie Halt gefunden hatte, warf sie sich zur Seite, um nicht von dem Fahrrad getroffen zu werden, das sich überschlug und **kopfüber** genau an der Stelle aufkam, an der sie eben noch gestanden hatte.

Joscha brachte sein Rad gerade noch rechtzeitig zum Stehen, um nicht in Marie oder ihr Fahrrad zu krachen.

„Alles okay?!", wollte er besorgt wissen.

„Klar. Nix passiert." Maries Stimme zitterte ein bisschen. Sie richtete sich auf und schaute sich ihr Rad an. „Aber das hier ist Schrott, glaube ich."

„**Mist!**“, ärgerte sich Joscha. „Ausgerechnet jetzt!“

„Rutsch mal nach vorne“, wies Marie ihn an.

„**Was?**“

„Rutsch nach vorne. Sonst ist nicht genug Platz für mich.“

Joscha sah sie fassungslos an. „Du willst, dass ich diesen Berg hier runterfahre, mit dir hinten drauf?!“

„Klar. Ein richtiger Detektiv gibt die Verfolgung nicht auf, wenn es einen Rückschlag gegeben hat.“ Sie deutete auf die Schweinwerfer, die aus der Ferne zwischen den Bäumen hindurchschienen. „Wir können sie noch erwischen.“

Bevor Joscha protestieren konnte, saß Marie schon hinter ihm und hielt sich an ihm fest.

„LOS JETZT! FAHR!“

Joscha trat in die Pedale.

Mit Marie hinter sich schien der Weg noch gefährlicher, als er es eh schon war.

Während sie den Abhang hinunterbretterten, fürchtete Joscha, jeden Moment gegen einen Baum zu fahren oder vom Rad zu stürzen.

Der Weg schien nicht nur gefährlicher, er war es auch. Steile Wege zu zweit auf einem Rad hinunterzufahren, gehört zu den dämlichsten Dingen, die man tun kann. Es ist genauso dämlich, wie auf einer mit Schmierseife eingeriebenen Eisfläche einen Stepptanz aufzuführen. Bei Tauwetter. Auf einem zugefrorenen See, unter dessen Oberfläche ein Haufen hungriger Piranhas wartet. Mit anderen Worten: nicht nachmachen! Außer vielleicht, wenn ihr ein Auto verfolgt, in dem gerade eure Eltern entführt werden.

Doch dann, ganz plötzlich, rief er: „Die Straße – da unten ist die Straße!“ Mit kurzen Bremsstößen verlangsamte er das Rad und brachte es am Rand des Asphalts zum Stehen, direkt neben einer Laterne, die eine Bushaltestelle beleuchtete. Es war ein einsames Stück Landstraße, ohne ein Haus in der Nähe. „Siehst du das Auto?“

„Die sind noch ganz weit oben!“ Marie deutete auf ein Scheinwerferpaar, das zwischen den Bäumen zu sehen war. „Wir haben die echt super überholt!“

Joscha runzelte die Stirn. „Wofür war die Verfolgung jetzt eigentlich gut?“

„Was ist denn das für ’ne Frage?!“, erwiderte Marie hinter ihm.

„Das sind Entführer und wir sind Detektive. Da macht man das so.“ Sie zögerte kurz. „Na ja, und natürlich auch, weil das deine Eltern sind.“

„Und was tun wir, wenn die gleich hier sind?“

„Wir verfolgen sie weiter! Bis zu ihrem neuen Versteck!“

„Auf dem Fahrrad?! Hier ist Tempo 100, da kommen wir niemals hinterher. Und das Nummernschild sehen wir auch nicht, wenn die so schnell fahren!“

Maries Antwort kam zögernd: „Na … dann warten wir, bis die sich von ihrem neuen Versteck aus melden, und dann suchen wir sie, so wie beim letzten Mal?“

„Vergiss es, das ist viel zu unsicher!“ Joscha überlegte kurz. **„Ich hab eine Idee!** Wie voll ist dein Handy-Akku?“

Marie zog ihr Telefon hervor und schaute nach. „80 %. Wieso?“

„Und hast du zufällig eine Taschenlampe dabei?“

„Ja, aber was hast du vor?!“

„Okay. Die brauche ich."

Marie kramte kopfschüttelnd eine Taschenlampe aus ihrem Rucksack und reichte sie ihm.

Joscha stieg vom Rad. „Ruf die Polizei an und sag denen, was los ist."

„Aber …"

„Kein Aber", entschied Joscha. „Wir haben uns lange genug versteckt. Jetzt bringen wir die Sache zu Ende!"

16

Joscha warf einen kurzen Blick zu Marie, die anfing, auf ihrem Telefon herumzutippen, dann schaute er nach links und rechts. Die Straße war leer, aber von rechts näherten sich langsam die Lichter des Entführer-Autos.

Falls euch aufgefallen ist, dass nirgendwo erklärt wurde, was eigentlich Joschas Plan ist: Gut aufgepasst – das ist Absicht! Also lest einfach weiter und lasst euch überraschen! Das heißt, das müsst ihr natürlich nicht tun. Ihr könnt auch das Buch beiseitelegen und üben, wie man einen Gummiball auf der Nase balanciert.

Er schluckte noch einmal, dann schob er sein Fahrrad auf die Fahrbahn und stellte es dort ab – quer zur Fahrtrichtung, sodass es beide Spuren blockierte. Für seinen Plan war es wichtig, **dass die Entführer anhielten.** Und das ließ sich am besten hinkriegen, wenn man ihnen etwas in den Weg stellte. Allerdings wollte er natürlich nicht, dass sie einen Unfall bauten – deswegen hatte er das Fahrrad in den Lichtschein der Laterne gestellt, damit jeder das Hindernis schon von Weitem sehen konnte. Um es noch auffälliger zu machen, legte er Maries eingeschaltete Taschenlampe auf den Sattel.

Er begutachtete sein Werk kurz, dann lief er zurück zu Marie. „Hast du bei der Polizei angerufen?!"

„Ja, also ...", begann Marie, doch Joscha schnitt ihr das Wort ab.

„Super! Kann dein Handy Videos ins Internet streamen?"

„Schon, aber …“, setzte Marie wieder an, doch Joscha ließ sie nicht ausreden.

„Schon klar, du bist die Detektivin und willst alles nach deinem Plan machen, aber ich hab gerade echt keine Zeit für Diskussionen. Also bereite bitte alles vor, damit du gleich das Video streamen kannst.“ Joscha sah zur Straße. „Und versteck dich, das Auto kommt!“

„Aber …“, versuchte Marie es ein letztes Mal, doch Joscha drückte sie nach unten: „**Runter!**“

Ihr habt inzwischen vielleicht den Eindruck bekommen, dass Marie etwas Wichtiges sagen will. Das stimmt.

Joscha und Marie duckten sich zwischen die Büsche. Sie sahen, wie der Wagen der Entführer langsamer wurde und kurz vor dem Fahrrad anhielt. Die Scheinwerfer leuchteten so hell, dass das Nummernschild unmöglich zu erkennen war. Das Auto war voll beladen, drei Leute saßen auf der Rückbank, aber Joscha konnte sie nicht gut sehen.

„LOS! FANG AN ZU FILMEN!", forderte er Marie flüsternd auf. „Und stream es gleich ins Netz, dann kannst du den Link direkt an die Polizei senden! Die sollen sehen, was los ist."

Marie guckte, als ob sie etwas sagen wollte, schwieg dann aber, zuckte mit den Schultern, hob das Handy und begann zu filmen.

Einen Moment lang passierte nichts, dann stieg der Fahrer aus. Es war der dickliche Mann, den Joscha und Marie schon in dem alten Restaurant gesehen hatten.

Er schaute sich um, als ob er sichergehen wollte, dass es keine Falle war. Dann lief er zu dem Rad, um es zur Seite zu räumen.

Joscha wurde nervös. **Wo blieb denn die Polizei?!** Noch waren nirgendwo Blaulichter zu sehen. Er musste irgendwas tun – diese Typen durften nicht einfach wieder abhauen! Aber dafür musste er aus seiner Deckung raustreten, und er war sich nicht sicher, ob er sich das wirklich traute.

Als Joscha wieder zum Wagen sah, traf sein Blick den von einer der drei Personen auf der Rückbank, und diese Augen erkannte er sofort: Es war seine Mutter! Sie war gefesselt und geknebelt – und sie brauchte seine Hilfe!

Plötzlich fiel alle Angst von Joscha ab. Es wusste, was zu tun war, und er wusste, dass er es genau jetzt tun musste.

Er atmete tief durch und stand auf. „Hey!", rief er. „Lassen Sie mein Fahrrad in Ruhe!"

De Entführer sah überrascht zu Joscha, der nun am Straßenrand stand und Marie ein Zeichen gab, dass sie auch aufstehen sollte.

„Was wird das denn?", wunderte sich der Mann. „Moment mal, du bist doch der Sohn von den beiden da, oder?"

„Jawohl!", erwiderte Joscha mit fester Stimme. „Sie haben meine Eltern entführt und sollten sich jetzt am besten ergeben!"

Der Entführer blickte ihn sprachlos an, dann begann er zu lachen. „Ergeben?! Der Witz ist gut!"
Das Fenster auf der Beifahrerseite wurde heruntergelassen und ein zweiter Mann streckte den Kopf heraus.

Joscha gab Marie ein Zeichen, dass sie auch ihn filmen sollte.

„Was ist denn hier los?!", wollte der zweite Entführer vom Fahrer wissen.

„Wir sind in einen gefährlichen Hinterhalt geraten", witzelte der. „Und jetzt wollen die beiden Kröten, dass wir uns ergeben."

„Schon wieder diese Kinder?!", seufzte der andere Mann. „Bleib du hier und kümmere dich um sie. Richie und ich liefern inzwischen die Ladung ab."

Richie, kombinierte Joscha schnell, musste wohl der dritte Entführer sein. Der Mann, der mit seinen Eltern auf der Rückbank saß.

Als der Fahrer auf ihn und Marie zugehen wollte, streckte Joscha die Hand nach vorne. „Stopp! Das würde ich an Ihrer Stelle nicht tun! Wir filmen alles und übertragen es live ins Internet! Die Polizei kennt jetzt Ihre Gesichter. Und wenn Sie uns irgendwas antun, sieht sie das auch! Außerdem ist sie jeden Moment hier. Am besten ergeben Sie sich einfach!"

Der Fahrer wandte sich unsicher zu dem Mann auf dem Beifahrersitz um. Der war offenbar so eine Art Anführer.

„Was machen wir jetzt, Hawe?"

„Keine Namen, du Idiot!", fuhr ihn der Anführer an.

„Aber du hast doch eben auch Richies Namen gesagt …"

„**Halt einfach die Klappe!**"

Marie stupste Joscha an, um ihm etwas mitzuteilen, doch der schob ihre Hand weg. Keine Zeit! Er warf einen Blick zu seinen Eltern. Die saßen immer noch gefesselt und geknebelt auf der Rückbank – bewacht von Richie, dem dritten Entführer. In ihren Augen konnte Joscha deutlich die Anspannung erkennen.

Jetzt stieg der Anführer – Hawe – aus. Er blickte kurz auf das Handy, das er in der Hand hatte, und sah dann über das Autodach zu Joscha und Marie. „Warum hast du uns nicht einfach die Formel gegeben, Junge? Dann wäre das alles längst vorbei."

„Warum haben Sie die Formel vorhin nicht einfach mitgenommen oder noch besser: Warum haben Sie nicht einfach meine Eltern in Ruhe gelassen?! Dann wäre nichts von alldem hier passiert!"

„Das verstehst du nicht. Hier winkt eine Menge Geld, das ich gerade dringend gebrauchen kann!"

„Damit kommen Sie nicht durch! Die Polizei muss jeden Moment hier sein." Joscha gab sich Mühe, seine Nervosität zu verbergen. **Wo blieb die denn bloß?!**

Der Anführer warf erneut einen Blick auf sein Handy und ging ein paar Schritte zum Heck des Wagens. „Weißt du", sagte er, „ich habe nicht vor, hier auf die Polizei zu warten."

„Wegfahren bringt Ihnen nichts! Das Video ist schon im Netz! Die ganze Welt weiß, wie Sie aussehen und was Sie getan haben!"

Hawe trat hinter das Auto und legte eine Hand aufs Dach.

„Ja … Und genau an diesem Punkt habe ich Zweifel."

Joscha schluckte unruhig. Was meinte der Mann damit? Der wollte ihn bestimmt nur aus dem Konzept bringen, oder?! „Auf Ihre Tricks falle ich nicht rein!“, erklärte er so überzeugt wie möglich.

Hawe lächelte. „Das ist kein Trick, mein Junge.“ Er lächelte schief und hielt sein Telefon hoch. „Es nämlich so: Egal, wie lange ich warte, ich kriege einfach keine Verbindung mit meinem Handy. Und weißt du auch, warum? Ich sag's dir: Hier ist ein Funkloch.“

„Was ... Was meinen Sie damit ...?“, stammelte Joscha, obwohl er es schon ahnte.

„Ganz einfach“, erklärte Hawe, grinste hämisch und machte einen Schritt auf Joscha und Marie zu. „Deine kleine Freundin konnte die Polizei nicht anrufen, weil sie keinen Empfang hatte."

Von der anderen Seite kam jetzt auch der Fahrer langsam auf die beiden zu.

„Und ohne Verbindung kann sie unmöglich das Video, das sie gerade filmt, ins Internet streamen."

Joscha blickte unsicher zu Marie. „Stimmt das?!"

Marie nickte panisch. „Das Handy hat hier null Empfang."

„WARUM HAST DU DAS DENN NICHT GESAGT?!", rief Joscha verzweifelt.

„Du hast mich ja nicht zu Wort kommen lassen!"

„Und das heißt", fuhr Hawe fort, „dass niemand weiß, dass wir hier sind. Und niemand weiß, wie wir aussehen." Er hielt kurz inne. „**Niemand – außer euch beiden**. Und darum können wir euch leider nicht gehen lassen."

Hawe und sein Fahrer waren jetzt bedrohlich nahe.

Joscha und Marie dachten das Gleiche und sprachen es auch gleichzeitig aus: „LOS, ABHAUEN!"

Joscha spurtete nach links und Marie im selben Moment nach rechts. Der Fahrer stellte sich Joscha mit ausgebreiteten Armen in den Weg, doch der schlug einen Haken und entging knapp den Pranken des Mannes.

Marie versuchte dasselbe mit Hawe, doch der ahnte ihr Manöver im Voraus. Mit bösem Blick schnappte er sie sich und hielt sie an den Armen fest. „So leicht entkommst du mir nicht!"

„Na, dann vielleicht so!", erklärte Marie und trat ihm mit voller Wucht auf den Fuß. Hawe schrie vor Schmerz und ließ sie los. Marie flitzte an ihm vorbei und um das Auto herum.

Inzwischen hatte es Joscha bis zu seinem Fahrrad geschafft. Er griff sich den Lenker, schwang sich in den Sattel und trat in die Pedale. Schon nahm er Fahrt auf, da spürte er, dass sich der Fahrer den Gepäckträger geschnappt hatte. Joscha stieg voll in die Bremsen, und der Entführer, der damit nicht gerechnet hatte, verlor stolpernd das Gleichgewicht und legte sich **der Länge nach** auf die Straße.

Marie lief währenddessen auf der Beifahrerseite am Wagen vorbei, doch plötzlich öffnete sich die hintere Tür und Richie, der dritte Entführer, streckte seinen Arm heraus, um sie aufzuhalten!

Bevor er Marie erreichen konnte, kam Joscha ihr mit dem Fahrrad entgegen und gab der Tür im Vorbeifahren einen kräftigen Tritt. Sie fiel zu, und die Kinder hörten, wie Richie einen **Schmerzensschrei** ausstieß.

„Spring auf!“ Joscha bremste und wendete dabei das Rad.

Marie schwang sich hinter Joscha und rief außer Atem:

„UND WAS MACHEN WIR JETZT?!“

„Erst mal weg!“, antwortete Joscha und gab Gas.

Marie sah zu den Entführern zurück. Hawe forderte seine Helfer fluchend auf, ins Auto zu steigen. Einen Moment später fuhr der Wagen mit quietschenden Reifen an.

„**Die verfolgen uns!**“, warnte Marie. „Und die sind viel schneller!“

17

Joscha fuhr so schnell, wie er noch nie gefahren war. Sie mussten es in die Stadt zurück schaffen. Zur Polizei – oder zumindest irgendwohin, wo andere Menschen waren. Aber es hatte ewig gedauert, zu dem Versteck der Entführer zu gelangen, und der Weg hatte durchs Nirgendwo geführt. Wie sollten sie es zurück schaffen, ohne eingeholt zu werden?

„**Die kommen näher!**“, rief Marie, als sich die Motorhaube des Wagens bedrohlich an das Fahrrad heranschob.

„Schneller kann ich nicht!“, antwortete Joscha atemlos, versuchte aber trotzdem, noch ein bisschen kräftiger zu treten.

„**Ich hab eine Idee!**“ Marie griff nach ihrem Rucksack und zog eine Plastikdose heraus.

„Was ist das?!“, wollte Joscha wissen.

„Eine **großartige Erfindung!**“ Sie schaute zum Auto. Das Beifahrerfenster war offen. „Kannst du weiter rechts fahren?!“

„Ich versuch's!"

Joscha zog so weit wie möglich rüber.

„Super, so müsste es gehen!" Marie nahm genau Maß, holte aus und warf die Dose in einem hohen Bogen direkt durch das Fenster ins Auto der Entführer.

Es gab einen Blitz und einen lauten Knall, dann erfüllte dichter schwarzer Rauch den Innenraum des Wagens. Das Auto schlingerte, dann hielt es mit QUIETSCHENDEN BREMSEN an, und sie hörten lautes Fluchen aus dem Innenraum.

„Was war das?!", wollte Joscha wissen.

„Eine exotherme Reaktion!", erwiderte Marie. „Von meinem Feuerlöschpulver!"

„Ist das nicht gefährlich?!", keuchte Joscha mit

schreckgeweiteten Augen. „In dem Auto sitzen doch auch meine Eltern."

„Nee, ist nur **harmloser Qualm**", beruhigte ihn Marie. „Fahr aber weiter – der Rauch verzieht sich recht schnell wieder!"

Joscha hatte jetzt einen schönen Vorsprung herausgefahren, aber die Entführer hatten sofort alle Fenster des Wagens geöffnet, und der Fahrer wischte schon den Ruß von der Innenseite der Windschutzscheibe. Noch ein paar Sekunden, dann würden sie die Verfolgung wieder aufnehmen.

„Wie weit noch?!", wollte Marie wissen.

Hinter ihnen heulte der Motor des Wagens auf.

„Zu weit!", antwortete Joscha. „Hast du nicht zufällig noch irgendwelche Erfindungen dabei?"

„Nee – alles verbraucht."

Diesmal näherte sich das Auto schneller als beim ersten Mal.

Marie sah das Gesicht des Fahrers – es sah rußig aus. **Rußig und wütend.**

„Die meinen es ernst, Joscha!"

„Dann halt dich gut fest!“ Joscha zog nach rechts, sodass er nicht mehr direkt vor dem Entführer-Auto fuhr. Dann stieg er scharf in die Bremsen und brachte das Rad zum Stehen. Der Wagen der Verfolger raste an ihnen vorbei.

Marie sah die Bremslichter aufleuchten und hörte, WIE REIFEN QUIETSCHTEN, doch Joscha trat schon wieder in die Pedale und bog mit dem Fahrrad in einen kleinen Waldweg ein. Hier war es stockdunkel, nur der Fahrradscheinwerfer beleuchtete den Weg direkt vor ihnen. Auf dem unbefestigten Boden kamen sie viel schwerer voran als auf der Straße. Joscha fuhr, so schnell er konnte, aber er merkte, wie ihn die Kräfte verließen. Marie beobachtete, wie der Wagen der Entführer rückwärts auf der Straße zurückgefahren kam, anhielt, und ihnen auf den Waldweg folgte.

„Sie sind immer noch da!“

„Ich weiß!“

Jetzt stieg der Weg auch noch an! Jeder Tritt in die Pedale war eine Anstrengung. Joschas Muskeln brannten wie Feuer.

Weit vorne konnte er gegen den Nachthimmel das Ende der Steigung erkennen. Viel zu weit vorne. Viel zu weit weg.

Immer langsamer trat er. Immer näher kam das Auto.

Schweiß stand ihm auf der Stirn und er biss die Zähne zusammen. Er wusste: Er konnte es **unmöglich schaffen**, den Entführern zu entkommen.

Doch gerade als er endgültig aufgeben wollte, hörte er ein merkwürdiges Geräusch. Es war ein Knattern, das immer lauter wurde und von den Bäumen widerhallte. „Was ist das?!"

Bevor Marie antworten konnte, schien ein blendendes Licht von oben auf den Waldweg.

Joscha stoppte, und auch der Wagen der Entführer hielt an.

„**Hier spricht die Polizei!** Steigen Sie aus dem Auto und nehmen Sie die Hände hoch!"

Marie lachte erleichtert auf.

„Das ist ein Hubschrauber! Ein Polizeihubschrauber!"

Noch während sie das sagte, hörten sie auch schon die Sirenen von Polizeiwagen, und Sekunden später erfüllte das Blitzen von Blaulichtern den Wald, als ein ganzer Haufen Einsatzwagen herangefahren kam.

SIE WAREN GERETTET!

18

An den Rest der Nacht konnte sich Joscha später nur in Bruchstücken erinnern: Die Polizisten, die den Entführern Handschellen anlegten und Mama und Papa die Fesseln abnahmen. Der Moment, als er endlich wieder in den Armen von Mama und Papa war. Marie, die ein wenig abseits stand und irgendwie verloren wirkte. Und dann die Heimfahrt in einem Polizeiwagen, während der Joscha schon nach ein paar Minuten völlig erschöpft einschlief. Und das, obwohl so ein richtiger Polizeiwagen doch eine wahnsinnig spannende Sache war.

Am nächsten Tag wachte Joscha erst spät auf: Es war schon Nachmittag, als er nach unten ging! Im ersten

Moment erschrak er, denn es schien niemand zu Hause zu sein. Waren seine Eltern etwa WIEDER ENTFÜHRT WORDEN?! Oder waren sie immer noch entführt und er hatte die Rettung nur geträumt?

Doch dann hörte er die vertrauten Stimmen von Mama und Papa im Wohnzimmer.

Joscha rannte zu ihnen und schloss sie erneut in die Arme.

Mama und Papa begrüßten Joscha herzlich, doch dann hockte sein Vater sich auf den Boden, um Joscha in die Augen zu sehen.

„Wir beide sind euch sehr dankbar, dass ihr uns gerettet habt, aber ihr habt euch in eine wahnsinnige Gefahr gebracht. Ihr hättet zur Polizei gehen sollen, statt auf eigene Faust zu ermitteln!"

Seine Mutter nickte. „Ganz im Ernst, **mach so etwas bitte nie wieder.**"

Joscha überlegte kurz. „Wenn ihr versprecht, euch nicht mehr entführen zu lassen!"

Jetzt mussten seine Eltern doch lachen, und der ernste Moment war verflogen.

Etwas später saßen die drei auf dem Sofa, um den Fernsehabend mit **Raumschiff Gamma 3** nachzuholen. Doch Joscha hatte noch ein paar Fragen.

„Sag mal, Mama, was war das denn jetzt genau für eine **wertvolle Formel**, die die Verbrecher haben wollten?"

Seine Mutter lachte. „Ob die wirklich so wertvoll ist, weiß ich gar nicht!"

„Hä, wieso das?"

„Na ja – ich habe mal ein Experiment gemacht, und bei dem sah es so aus, als ob man aus Brennnesseln etwas richtig Wertvolles herstellen könnte. Einen **ganz tollen Treibstoff**."

„Wow! Aber das wäre doch super, oder?"

„Klar wäre es das. Aber es war eben nur *ein* Experiment. Es ist noch viel zu früh, um zu wissen, ob das Ergebnis wirklich etwas wert ist. Das kann auch Zufall gewesen sein oder ein Fehler."

„Ein Fehler?! Du machst doch keine Fehler, Mama!"

„Klar mache ich die. Die macht jeder. Und deswegen muss ich das Experiment noch ganz oft wiederholen, um zu sehen, ob immer wieder dasselbe dabei herauskommt. Das machen Wissenschaftler so. Kann ja sein, dass das nur anfänglich geklappt hat, und beim nächsten Mal gibt es einen großen Knall und mein Labor fliegt mir um die Ohren. Ohne Nachprüfen kann ich nicht wissen, ob die Formel wirklich so wertvoll ist."

„Und warum hast du ihnen die Formel nicht einfach gegeben?"

„Dafür hätte ich dich dann mit hineinziehen müssen. Und das wollte ich nicht. Ich dachte, wenn ich die nur lange genug hinhalten kann, gehst du zur Polizei."

„Tut mir leid, dass ich das nicht sofort gemacht habe."

„Schon in Ordnung." Joschas Mutter lächelte. „Und immerhin wart ihr wirklich **sehr beeindruckende Detektive**", warf Joschas Vater ein.

Joscha überlegte. „Woher wussten die Entführer überhaupt von der Formel?"

Joschas Mutter seufzte. „Bei uns im Labor arbeitet ..." Sie korrigierte sich: „Oder besser gesagt arbeitete ein junger Mann. Pascal Werthermühlen. Der hat mitgeholfen, die Daten auszuwerten."

„Moment ... Sagtest du ‚Werthermühlen'?" Irgendwie kam Joscha der Name bekannt vor. Dann wusste er wieso: „So hieß doch das alte Restaurant auf dem Hügel!"

„Genau. Das gehörte Pascals Vater. Hajo Werthermühlen."

„H. W.", fügte Joschas Vater hinzu.

Joscha blieb der Mund offen stehen. „H.W. – **das ist Hawe!** Und dieser Hajo Werthermühlen hat euch entführt?!"

„Genau“, bestätigte Joschas Vater. „Der hatte durch die Pleite seines Restaurants ganz viel Geld verloren.“

Joschas Mutter übernahm wieder: „Und dann hat ihm sein Sohn von meinen Experimenten erzählt – was der natürlich überhaupt nicht durfte. Und Hawe hat wohl eine Gelegenheit gesehen, schnell reich zu werden.“

„Wow …“, murmelte Joscha. Dann sah er zu seinem Vater. „Eine Sache noch. Woher wusste die Polizei, was los war und wo wir sind?“

Joschas Vater lächelte. „Ach ja, das hast du ja nicht mehr mitbekommen.“ Er holte sein Handy hervor und öffnete eine Internetseite. Nach einem kurzen Moment startete ein Video.

Joscha konnte nur schwer erkennen, was zu sehen war, denn das Bild war sehr dunkel. Aber die Stimmen, die zu hören waren, verstand er genau: *„Sie haben meine Eltern entführt und sollten sich jetzt am besten ergeben!“* Das war Joschas Stimme!

Ein Mann begann laut zu lachen. *„Ergeben?! Der Witz ist gut!“*

Joscha blickte seine Eltern verwirrt an. „Aber … Das ist ja unser Video! Ich dachte, das hätte nicht gestreamt werden können, weil wir kein Netz hatten!“

„Konnte es auch nicht“, bestätigte seine Mutter. „Aber als ihr weiter Richtung Stadt geflohen seid, hat es Empfang bekommen, und da wurde das Video dann im Hintergrund hochgeladen.“

„Und direkt an einen Account der Polizei geschickt“, fuhr Joschas Vater fort. „Die hatten damit genug Informationen, um eure Position zu bestimmen und die Einsatzkräfte zu schicken.“

„Krass …“, wiederholte Joscha und schloss erleichtert die Augen. Marie und er hatten **verdammtes Glück** gehabt.

„So, dann wollen wir mal, oder?“, schlug sein Vater vor. „Einen gemütlichen Fernsehabend haben wir uns jetzt echt verdient, nach diesem Schock! Ich bin schon gespannt, was für Abenteuer Raumschiff Gamma 3 diesmal erlebt.“

Joscha zögerte. „Äh, ist es okay, wenn ich vorher noch was erledige?“

Ein paar Minuten später hielt das Auto von Joschas Eltern vor Maries Haus.

„Sollen wir mitkommen?“, fragte seine Mutter.

„Nee, das mach ich lieber allein. Ich bin gleich wieder da.“

Joscha musste mehrfach klingeln, bevor sich endlich die Tür öffnete und eine sehr mürrische Luise herausschaute.

„Marie hat Hausarrest. FÜR DIE NÄCHSTEN ZEHN JAHRE!“

„Ich muss nur ganz kurz zu ihr.“

„Sie darf auch keinen Besuch empfangen!“ Luises Pudelfrisur wippte im Takt ihrer Worte.

„Ach, kommen Sie – wir haben einen heiklen Fall gelöst, da müssen Sie mich doch schnell reinlassen.“

Luise wollte gerade antworten, da bemerkte sic Joschas Eltern, die sie erwartungsvoll ansahen.

Luise seufzte. „Ausnahmsweise.“ Sie öffnete die Tür und Joscha trat ein.

Während er nach oben ging, rief Luise ihm hinterher, wie **unverschämt und gedankenlos** sie seien, sie so anzulügen, und dass so viel hätte passieren können, und noch eine Menge Dinge mehr, die Joscha alle ein schlechtes Gewissen machten.

Er klopfte an Maries Arbeitszimmertür.

„Ich hab doch gesagt, dass ich nichts essen will, Luise!“ Maries Stimme klang genervt.

„Hier ist nicht Luise. Hier ist Joscha.“

„Was?!“ Jetzt klang sie verwirrt. „Okay, komm rein.“

Joscha öffnete die Tür. Marie saß am Schreibtisch, vor sich einen Haufen Papierschnipsel.

„Willst du, dass ich mich entschuldige? Gut, dann tue ich das hiermit."

„Entschuldigen? Wovon redest du?"

„Ich war eine schlechte Detektivin. Ich hab's **total vermasselt**. Ohne die Polizei hätten wir richtig Probleme bekommen."

„Aber die Polizei war da! Und die war da, weil dein Handy das Video hochgeladen hat!"

„Pah! Das Video haben wir ja nur gemacht, weil das dein Plan gewesen ist. Meine Pläne haben alle nichts gebracht. Und mein Handy hat auch gestreikt, als es am wichtigsten war." Sie deutete auf die Papierschnipsel vor sich. „Das hier waren meine Detektiv-Unterlagen. Die brauche ich jetzt nicht mehr."

Joscha verstand nur Bahnhof. „**Hallo?!** *Du* hast rausgekriegt, wo sich die Entführer versteckt hatten. *Du* hast die Drohne gebastelt und *du* hast uns mit der Rauchbombe Zeit verschafft! Ohne dich hätten wir das nie im Leben hinbekommen! Du bist eine Superdetektivin, Marie."

Marie sah Joscha unsicher an. „Und ... das sagst du nicht nur so?"

„Wieso sollte ich das?“

„Na ja, weil so viel schiefgegangen ist …“

„Du hast doch erzählt, dass du auch noch Wissenschaftlerin bist.“

„Ja, wieso?“

„Ist meine Mama auch. Und die meint, es ist normal, dass Fehler passieren. Deswegen muss man Experimente auch wiederholen.“

Ein Lächeln erschien auf Maries Gesicht. „Wiederholen. Klar.“

Sie zögerte kurz. „Das klingt jetzt blöd, aber: Könntest du dir vorstellen, mir bei der nächsten Wiederholung wieder zu helfen? Also **bei meinem nächsten Fall**.“

„Deinem nächsten Fall?“

„Ja, deine Mama hat doch gesagt, dass wir das noch mal machen müssen.“

„Also, ganz so hat sie das nicht gesagt. Und außerdem hab ich versprochen …“

„Schon klar“, unterbrach Marie. „Du musst nichts mit mir zu tun haben, wenn du nicht willst.“

„Das hab ich doch gar nicht gemeint! Ich hab Spaß dran, mit dir Zeit zu verbringen … Ich … ich find dich vielleicht sogar irgendwie ein bisschen nett.“ Diese Worte aus seinem Mund überraschten selbst Joscha. Marie war eine **unglaubliche Besserwisserin**, die ständig das Kommando übernehmen wollte und dabei nicht merkte, wenn sie jemanden vor den Kopf stieß – aber irgendwie konnte er nicht sauer auf sie sein.

„Echt jetzt? Super – ich wusste doch, dass ich eine **Kontaktknüpferin** bin!“

„Nur eine Sache: Wenn wir noch mal ermitteln, kannst du mir versprechen, dass wir dann rechtzeitig zur Polizei gehen, wenn's nötig sein sollte?"

„Absolut! Auf so einen Mist hab ich echt keine Lust mehr."

„Gut, dann bin ich dabei!" Joscha streckte die Hand aus und Marie schlug ein.

„Willkommen im Team, Aushilfsdetektiv."

Joscha verzog das Gesicht. „Nenn mich bitte nicht so, okay?" Er sah auf die Uhr. „Ich muss los. Meine Eltern warten unten."

„Okay, dann bis …" Maries Gesicht verdüsterte sich. „Bis in zehn Jahren. Ich hab ja Hausarrest."

„Was das angeht – ich glaube, da gibt es was, das du tun kannst."

„Und zwar?"

„Bei mir musstest du dich ja nicht entschuldigen. Aber ich glaube, Luise hätte eine ENTSCHULDIGUNG verdient."

„Luise?! Aber wofür denn?"

„Weil du sie ständig angelogen hast."

„Das war nötig. Sonst hätte die uns nicht gehen lassen. Das muss sie doch verstehen."

„Ich glaube, sie sieht das anders, Marie. Ich würd's mal mit der Entschuldigung versuchen."

„Okay – weil du's bist, Aushilfsdetektiv."

„Ich hab doch gesagt, dass du mich nicht so nennen sollst."

„Ich hab aber nicht versprochen, dass ich es nicht mache."

„Siehst du, genau das sind die Momente, in denen du dich besser entschuldigen solltest ..."

Die beiden verließen das Zimmer, um es bei Luise mit einer Entschuldigung zu versuchen.

Und in Maries Kopf entstanden schon neue Pläne. Pläne, was sie alles besser machen könnte im nächsten gemeinsamen Fall von Joscha und Marie ...

So – das war's! Und falls ihr euch fragt, wieso es schon so lange keine Anmerkungen mehr gegeben hat: Es hat sich einfach nicht angeboten. Die Sache mit der Verfolgungsjagd war so spannend, da wollte ich nicht dazwischengrätschen. Und dann das Happy End mit Umarmungen und allem, da hätte ich Angst, dass auf meinen Anmerkungen eins von den Taschentüchern landet, mit denen ihr eure Rührungstränen abtrocknet. Aber jetzt ist die Geschichte ja aus und wir können uns den wirklich wichtigen Dingen in diesem Buch zuwenden: den Anmerkungen! Es ist nämlich so, dass … He, wie jetzt?! Das ist die letzte Seite? Jetzt ist Schluss?! Was ist denn das für ein Unfug?! Gerade wenn man mal Platz hat …

Baumeister, Jens:
Joscha & Marie
und die Frage, wie man seine Eltern rettet,
ohne einen Urknall auszulösen
ISBN 978 3 522 50690 8

Illustrationen: Dominik Rupp
Umschlagtypografie: ZeroMedia GmbH
Innentypografie: Arnold & Domnick
Reproduktion: DIGIZWO Gbr, Stuttgart
Druck und Bindung: GGP Media GmbH, Pößneck

FSC
www.fsc.org
MIX
Papier aus verantwortungsvollen Quellen
FSC® C014496

Dieses Buch wurde vermittelt durch die Agentur
Charlotte Larat rights & audio Heidelberg – Strasbourg